書下ろし

初代北町奉行 米津勘兵衛⑥

荒《こう》月《げつ》の盃《はい》

岩室 忍

祥伝社文庫

目次

第一章　団子坂《だんござか》

元和《げんな》三年（一六一七）の暮れは普段より冷え込んでいた。

その老人は上野不忍池《うえのしのばずのいけ》に映《うつ》る上野の山を眺《なが》めて、茶を一杯美味《うま》そうに飲んでいた。お繁《しげ》の掛茶屋だった。

老人が腰を下ろした縁台に、見廻りの本宮長兵衛《もとみやちようべえ》も腰を下ろした。

本宮長兵衛は、およそ役人とは思えないむさい恰好《かつこう》をしていた。不潔ではないが本人は変装しているつもりなのだ。髭《ひげ》も伸びて一見浪人だ。

奉行所《ぶぎようしよ》でも、うだつの上がらない男と言われている。無才なので見廻りにしか使えない。それも飽きっぽい性格で、いつも掛茶屋に座って油を売って歩く。

だが、剣は強い。

柳生新陰流《やぎゆうしんかげりゆう》の剣客《けんかく》で、同じ柳生流の望月宇三郎《もちづきうさぶろう》や倉田甚四郎《くらたじんしろう》より強い。ただ、飽きっぽいので勘兵衛《かんべえ》も長兵衛は放っておけという。

好き勝手に見廻りをさせている。

お繁もそんな長兵衛を心得ていて邪険《じやけん》にはしない。かじかむ様子の長兵衛をみとめた直助《なおすけ》が奥から酒を手に「本宮の旦那《だんな》……」と手招きをする。

「おう、すまねえな女将《おかみ》……」

「うちのとっつぁんは甘いんだから……」

「女将さん、あっしにも一杯ご馳走《ちそう》しておくんなさいな……」

老人がいいものを見つけたとでも言うようにニッと笑う。いつも余分に茶代をくれるので断ることもできない。

「内緒《ないしょ》だよ。お役人に知られるとうるさいんだから、中でやっておくんなさい……」

その役人が長兵衛なのだ。

「座敷に上がっておくんなさい」

直助が長兵衛と老人を奥の座敷に引きずり込んだ。そこにお信《のぶ》が現れた。お信は長兵衛のことを知っているが、もと女賊で相当にしたたかだ。

「三人で盗み酒かい、一杯おくんなさいよ」

四人で、直助が自分のために買ってある酒を飲み始めた。呑兵衛《のんべえ》が一杯だけでやめられるはずがない。八合徳利《どっくり》がたちまち空《から》になった。

「もうちょっと欲しいですな……」

「爺《じい》さん、お前も足りないか？」

「ご浪人さんも？」

「ああ、まったく足りねえが、銭もねえんだなこれが……」

「あっしの酒では飲んでいただけませんか？」

「爺さんの酒か、酒なら誰の酒でも同じだ。おれは相当に飲むぞ。それでもいいか？」

「あっしも相当にやる方で……」

「そうか、爺さんも酒には意地の汚ねえ呑兵衛か？」

「実は、そうなんですよ」

「お爺さん、このお信さんも入れておくんなさいな……」

「おう、これは失礼をしましたな。酒には花が大切だ。ご一緒しましょう」

「花か、だいぶ萎《しお》れた花だ」

「よくいうよ本宮の旦那、一ぺん、抱いて見ろって言うんだ。萎れているかどうか……」

「いいのか？」

「いいよ。勝負するか？」

「言ったなお信！」

「いいね、やってもらおうじゃねえか……」

お信が長兵衛に啖呵《たんか》を切った。

「ちょっとお二人さん、もう少し飲んでからにしておくんなさいよ」

「おう、そうだな。どこで飲む、ここでか？」

「ここは掛茶屋ですからまずいのでは？」

「そうだな……」

「あっしの家においでくださいな。少し歩きますが？」

老人が長兵衛とお信を誘った。直助がそんな話を黙って聞いている。だいぶ前から、この老人は只者《ただもの》ではないと思っていた。一癖《ひとくせ》も二癖《ふたくせ》もある長兵衛とお信の二人が絡《から》めば、おもしろいことになると思う。

「親父《おやじ》もどうだ？」

「嫌いじゃないんですが店があるんで遠慮しておきます。三人で楽しんでください」

「そうか、馳走になったな」

「またどうぞ、お信さんしっかりしなせいよ」

「親父さん、行ってきます」

　お信も元気がいい。

「気をつけて……」

「女将さん、今日は休みにしていい？」

「いいですよ。本宮の旦那を手籠めにしちゃいなさい」

「任せておくんさいよ女将さん、足腰立たねえようにしてやりますから……」

　もと女賊の二人は恐ろしい。

　お信は、むさいが男臭い本宮長兵衛を気に入っていて本気なのだ。危ない話だ。

　三人が掛茶屋を出て不忍池から根津《ねづ》の方に歩き出した。

「寒いなこりゃ……」

「爺さん、どこまで行く？」

「根津神社の先に、谷中《やなか》村から本郷向ケ丘《ほんごうむこうがおか》に上る潮見坂《しおみざか》というのがあるんです」

「ああ、海の見える景色のいいところだな」

「ええ、その坂の上でございますよ」

「いいところに住んでいるな？」

「孫娘と二人で暮らしています……」

三人は北からの向かい風に歩いて行った。

潮見坂はこの後、傍《そば》にできた団子屋が有名になり、人々に親しまれて、上品な潮見坂という名から、団子坂《だんござか》と庶民的な名に変わってしまう。

その団子坂という名が良かったのか、続々と食べもの屋が集まって、江戸名物藪《やぶ》そばの発祥の地になる。

三人は北風に首を縮めて歩き、老人が根津神社の傍の酒屋で、酒二升《しょう》を届けてくれるよう注文した。十町（約一〇九〇メートル）ばかりを歩いて潮見坂を上って百姓家《ひゃくしょうや》に入る。

「お帰りなさい」

まだ、十二、三と思える孫娘が三人を迎えた。

「上がって、上がって、火の傍でねえと寒いですよ。今夜は冷えそうだ」

「遠慮なくそうしよう。こう寒いと囲炉裏《いろり》の火が何よりの馳走だわ」

「そうだね、寒いよ……」

お信が首を縮める。三人が炉端《ろばた》に座って挨拶《あいさつ》した。まだ名乗り合っていないのだ。

「本宮長兵衛だ。これといった仕事はない。ふらふらしている」

「あっしは正五郎《しょうごろう》、見ての通りの隠居爺さんです。お信さんとはあの掛茶屋で何度かお会いしているが、こんなにいける口とは知りませんでした」

「それはわしも同じだ」

「嫌ですよ、そんなこと言われると飲めないじゃありませんか……」

「そうだね。孫娘はお鈴《すず》だ。この年寄りの宝物だ」

「宝物か、いい宝物だな」

「お鈴のためにもう少し生きていてぇと思っておりますんで……」

「なるほど……」

三人が話しているとすぐ酒が届いた。呑兵衛を待たせないのがいい酒屋だ。

「お鈴、茶碗《ちゃわん》を持ってきておくれ……」

「はーい……」

元気のいい声が台所からする。

「これからこの人方と酒盛りだ。お前は先に寝てしまいなさい」

「うん、肴《さかな》は？」

「お鈴さん、味噌《みそ》と塩を少しくれるかい？」

長兵衛が催促すると、恥ずかしそうにうなずいてニッと微笑《ほほえ》んだ。

「可愛《かわい》い子だね……」

お信が嫉妬《しっと》するように言う。

「何も知らない子で、梅干も持っておいで……」

「はい……」

肴は味噌や梅干だが、正五郎は奮発《ふんぱつ》して、酒は下り物の上等なのを注文した。

「まずは旦那とお信さんから……」

正五郎が酌をして、呑兵衛三人の酒盛りが始まった。日が落ちてしまうと一段と冷え込んできた。

上等な酒は肴などなくても、囲炉裏の温かい火が肴で、クイッ、クイッといくらでも飲める。正五郎とお信はちびりちびりと飲んでいる。本物の呑兵衛だ。

明け方になると、急に冷えてちらちら雪が落ちてきた。

長兵衛はあまりの寒さに目を覚ました。囲炉裏の火が消えていた。枯《か》れた小枝を継ぎ足して炎を励ます、とぱちぱちと燃え出した。

一眠りしてずいぶん酔《よ》いが覚めている。正五郎が炉端に転がっていた。寒くないように炎を大きくする。

「こう寒くっちゃ眼が覚めます。外は雪だな？」

「だろうな。どうだ。迎え酒……」

「もらいましょう。旦那のような人を浪人にしておくのはもったいねえな？」

「そうか、仕事に使ってみるか？」

「わかっておられたんで？」

「ああ、茶屋で見かけた時からわかっていた」

「そりゃ人が悪い……」

正五郎がニッと笑った。

「そういうお前も、おれの正体をわかっているんだろうよ」

「へい、お奉行所のお役人で……」

「ふん、狸《たぬき》と狐《きつね》だな？」

「いいお方だとわかりましたんで、とことん飲んでみようと思いました」

「なるほど、大泥棒《おおどろぼう》か？」

「さようで、江戸では仕事をしたことがありません」

「そのつもりです。お鈴にはあっしの正体は内緒にしていただきます」

「わかった。これまでどこで仕事をしていた？」

「東海道筋《とうかいどうすじ》で名古屋《なごや》から西です」

「何《な》んで江戸に来た？」

「大きな仕事をしたいと思いまして下ってきました」

「血の匂《にお》いがしないが？」

「これまで、一人も手にかけておりません」

「どれほど奪《と》った？」

「なんだかんだで、十万両ほどになりましょうか……」

「ずいぶんやったな。三尺高いところだぞ。わかっているのか？」

「わかっております」

「お鈴はどうするんだ？」

「それが悩みの種で……」

「さっさと足を洗え、いつまでもやる稼業《かぎょう》じゃねえだろう」

長五郎が本気で叱《しか》った。

「これからか？」

「そうなんですが、子分どもがおりますので……」

「みな大金持ちだろう？」

「それが旦那、こういうことをする者は、どこか足りないもんで全く銭《ぜに》が残らねえ。右から左へとスルスルでして……」

「お前もか？」

「あっしは歳《とし》ですから少しは……」

「だろうな。お鈴のこともある。それでいつ仕事をする？」

「こうなりゃ旦那次第だな……」

「おれとは関係ねえだろう。お前は逃げる方、おれは追っかけて捕まえる方だ」

「そうはいきませんよ。一緒に飲んだ仲だ。一蓮托生《いちれんたくしょう》という言葉があるじゃないですか？」

「おれを引きずり込む魂胆《こんたん》か？」

「いけませんか？」

「いけなくはないが、おれは北町《きたまち》の役人だぞ」

「だからいいじゃありませんか？」

「困った爺さんだな。ところでこのおれをいくらで買うつもりだ？」

長兵衛が不敵《ふてき》にニヤリと笑った。

「旦那が本気になって下さるなら、お鈴に五千両積んでどうです。夕べ、まだ奥方がいないとおっしゃっていましたから、三十俵《ぴょう》二人扶持《ぶち》よりは多少条件がいいかと思うんですが、それで足りなければもう五千両積みましょう」

正五郎は一緒に飲んでみて、長兵衛の腹の太さに惚《ほ》れ込んだのだ。

恰好はみすぼらしいのだが、五体からは自信が漲《みなぎ》っている。剣は相当な使い手だと見抜いた。

お鈴を幸せにしてくれる男が現れたと思ったのだ。

若くして亡くなった息子夫婦が、お鈴のために連れてきた男だと信じた。何んとも言えない魅力がある。

それは勘兵衛も感じている、本宮長兵衛の男っぷりだ。

「正五郎、そんな大金は人を幸せにはしない。銭はいらねえ、お鈴だけでいい。だが、それには条件がある。お前が足を洗うことだ」

「旦那……」

「返答は二つに一つだ。お鈴のことを考えてみろ！」

「旦那にはまいったね。子分たちを斬《き》りますか？」

「話のわからねえ奴《やつ》は斬る」

二人が炉端で考え込んでいると、お信がお鈴を連れて起きてきた。

「朝餉《あさげ》にしますから。外は雪ですよ」

「やっぱりそうか？」

「お鈴、爺さんがお前をおれの嫁《よめ》にくれるそうだ。もらうつもりだがいいか？」

「あちッ！」

びっくりしたお鈴が白湯《さゆ》の入った茶碗を落としそうになった。

「いいか？」

熱い茶碗を長兵衛に渡すと小さくうなずいた。

「わしには両親と妹がいる。貧乏でお前の爺さんのように金持ちではない。それでもいいか？」

また小さくうなずいた。

「武家の嫁には辛《つら》いこともある。我慢できるか？」

お鈴は不安そうに正五郎を見てからうなずいた。

「よし、正五郎、お鈴をもらった。文句はないな？」

「ございません。何も知らない娘ですが可愛がってもらいたい」

「二人で決めてしまったんだ？」

お信が言うとお鈴がサッと立って奥に走って消えた。

「お信さん、すまないね……」

「いいんですよ。あぶれるのは慣れているんですから……」

「あっしじゃ駄目《だめ》かね？」

「いいけど、可愛がってくれる？」

「それは難しいかな、この歳だから……」

「ちょっと、お鈴ちゃん見てきます」

お信が奥に立って行った。

「正五郎、覚悟しろ、往生際《おうじょうぎわ》が肝心《かんじん》だ」

「本当にお鈴でいいんですかい？」

心配そうに正五郎が念を押した。

「武士に二言《にごん》はない。お鈴はいい子だ。おれには勿体《もったい》ないくらいだ」

「ありがてえよ旦那、お鈴はまだ十三なんだ。この通りだ……」

正五郎が眼に涙をためて長兵衛に手を合わせた。

「心配するな」

「正五郎、お前にお鈴の子を抱かせてやる。必ず、足を洗え、おれと出会ったのは運命だ。お鈴を悲しませちゃなるまい……」

本宮長兵衛は、強引に足を洗うよう正五郎に迫った。

お信とお鈴が支度《したく》した朝餉を馳走になると、長兵衛は雪が解けてから帰れとお信に言い残して、夜が明けた潮見坂を下りて奉行所に向かった。

お鈴のためにも、正五郎を助けたいと思う長兵衛は、この大盗賊との出会いを勘兵衛に報告しなかった。何か助ける方法はないかと考え抜いた。

だが、江戸ではないにしても、十万両からの大金をあちこちから奪った大盗賊を、易々《やすやす》と助ける方法などない。

三尺高い磔《はりつけ》で処刑され、獄門《ごくもん》に晒《さら》される首だ。

正五郎は、お繁の茶店《ちゃみせ》で長兵衛を見た時、役人だと感じたという。それは大盗賊らしい鋭《するど》い勘だが、そうわかっていてなぜ近づいてきたのかが疑問だ。

盗賊は役人の匂いすら嫌うものだ。

その時、フッと長兵衛は、正五郎が信頼できる人にお鈴を預けて死ぬ気ではないかと思い当たった。何かある。

お鈴の命が危ないのではないかと思った。

雪が降った日から四日後、長兵衛は潮見坂を上って百姓家に入った。炉端にお鈴がポツンと座っている。長兵衛を見ると顔を赤らめてうな垂《だ》れた。

囲炉裏には火が燃えている。

「上がるぞ。爺さんは？」

「坂の下まで……」

「そうか、おれと一緒に行く支度はできたか？」

「はい……」

「爺さんが戻ったらここを出る」

お鈴が身を引いて、驚いた顔で長兵衛をみつめた。

「嫌か？」

そうじゃないとお鈴が首を振る。

「それなら持って出る荷物を持って来い。これからは何があっても、おれを信じろ、いいな？」

お鈴が小さくうなずいた。炉端を立ってお鈴が奥に消えた。そこに正五郎が戻ってきた。

「おう旦那……」

「約束通り、お鈴をもらいに来た」

「わかりました……」

正五郎は炉端に座ると長兵衛に頭を下げた。

「旦那、この通りだ……」

両手を合わせる。

「約束は必ず守る。心配するな。武家には約束事があってな、すぐ祝言《しゅうげん》というわけにはいかないが、必ず、妻にする」

「ありがてえ、あっしも約束を守ります」

「うむ、お鈴は八丁堀《はっちょうぼり》の役宅に連れて行く、それでいいな？」

「親御さんが？」

「心配ない。親には信用されている。もう、嫁を連れてくると言ってある。あまり若いのでお鈴を見て腰を抜かすだろう。妹よりずいぶん若いからな……」

「旦那、あっしは死んでも旦那とお鈴を守りますから……」

「おう、そうしてくれ……」

お鈴には持って行くものと言っても何もない。小さな包みが一つだけだ。奥から出てくると炉端に座った。

「旦那、持って行くものと言っても、着替えぐらいで何もないんだ……」

「それでいい、裸《はだか》のままもらえばいい、何もいらないさ……」

「お鈴、旦那の嫁さんにしてもらうんだ。わかっているな？」

「うん……」

「旦那、お頼みします」

「よし、お鈴、行くぞ！」

「お爺ちゃん……」

「大丈夫だ。また会える。旦那の家に行くんだ。可愛がってもらえ……」

長兵衛とお鈴は外に出ると、潮見坂を下りて八丁堀に向かった。長兵衛はつけられていないか警戒した。

「お鈴、着物は妹からもらってやるが、何か欲しいものはあるか？」

「別にありません」

「おれが貧乏だと思って遠慮しているな？」

「そんなこと……」

「ないか、だが実際、貧乏なのだ。爺さんから聞いただろう？」

「はい、お役人さまだって……」

「そうか、聞いたか。おれがお上からもらうのは三十俵二人扶持だ。これは四十俵のことだ。わかるか？」

「はい……」

「両親とおれとお前、それに妹の五人だから、一人一年で八俵だな。だから貧乏なのだ。わかるか？」

「はい……」

「お前が子どもを一人産むと七俵になる。二人目を産めば六俵になる。わかるな？」

「はい……」

「それで子どもは何人欲しい？」

「五人？」

「五人か、そうすると一人四俵だな。五人は難しかろう……」

「四人？」

「四人か三人にしておけ。三人なら一人五俵だ。それなら何んとかなるだろう」

「はい……」

お鈴が無邪気《むじゃき》にニッと笑った。うれしそうな顔だ。

二人で歩いていると父親と娘という風情《ふぜい》だ。

八丁堀の役宅に着くと、案《あん》の定《じょう》、長兵衛の父喜十郎《きじゅうろう》と母のお久《ひさ》がひっくり返るほど驚いた。

「嫁を連れてきた」

長兵衛がお鈴をそう紹介したからだ。妹のお純《すみ》は茫然《ぼうぜん》と見ている。

「長兵衛、お前……」

「母上、お鈴は何も知らない娘だ。色々教えてもらいたい」

「それは、いいけど……」

「父上、これから奉行所に顔を出してまいります」

「うむ……」

喜十郎もびっくり仰天《ぎょうてん》で言葉が出ない。

「それでは母上、行ってまいります」

長兵衛が役宅を飛び出した。

喜十郎とお久は、まだ子どもではないかと思う。

「お鈴殿は幾つですか？」

おっかなびっくりだ。

「十三です。正月で十四になります」

「十三、そうですか……」

「そんなことよりお前、湯にでも入れて、お純、手ごろな着物はないか？」

「ありますけど……」

長兵衛の役宅は急に賑《にぎ》やかになった。いつもはひっそりと暮らしている三十俵二人扶持の四人なのだ。

第二章　餅代《もちだい》二両

走って呉服橋御門《ごふくばしごもん》内の奉行所に戻ってきた本宮長兵衛は、初めて与力《よりき》の長野半《ながのはん》左衛門《ざえもん》に奉行の米津勘《よねづ》兵衛との面会を願い出た。

口の悪い連中は、長兵衛を奉行所の昼行燈《ひるあんどん》とか、穀潰《ごくつぶ》しの長兵衛とかいうが、その剣の強さは認めている。

「どうした長兵衛、お奉行にお会いしたいとは珍しいな？」

「お奉行と長野さまだけに聞いていただきたいお話がございます」

「お役目上のことだな？」

「はい……」

「よし、来い！」

ほとんど口など利《き》いたことのない長兵衛のことで、その真剣な顔に、半左衛門はただならぬものを感じ取った。

さすがの剣客長兵衛でも、改《あらた》まって勘兵衛の前に出るのは緊張する。

「長兵衛、久しぶりだな？」

「恐れ入ります」

「長兵衛でも困ったことが起きるか？」

「この度《たび》はいかんともしがたく、持て余していることがございます」

「ほう、聞こうか？」

「はい、数日前、不忍池のお繁の茶屋に立ち寄りましてございます」

長兵衛は、正五郎との出会いからすべてを包み隠さず勘兵衛に話した。その話の筋に半左衛門が驚いている。

勘兵衛も何も言わない。

三人の間に険《けわ》しい緊張感が漂《ただよ》った。

「先ほど、お鈴を役宅に連れていきました。その足で奉行所に戻ってまいりました。以上が事件のあらましでございます」

「そうか、どう思う半左衛門、その正五郎という男？」

「十万両とは恐ろしい大盗賊に間違いないかと思います。捕《と》らえるしかないかと？」

「捕らえるか、それでは長兵衛の立場がなかろう」

「しかしお奉行、野放しにしておくのは、あまりに危険では？」

「半左衛門、わしは長兵衛と同じように、正五郎が足を洗うという言葉を信じる。もう江戸で仕事をすることはないだろう」

「それではまた名古屋で？」

「それもないだろう。終わった盗賊だ。長兵衛に宝物の孫娘を渡したのだ。おそらく生きることとすら考えておるまい。今頃、死に場所を探しているのではないか？」

「それではこのまま？」

「どうする長兵衛、お前の考えは？」

「はい、正五郎が足を洗おうとすれば、おそらく、反対する子分が出て命を狙《ねら》われる。もし、足を洗うことができれば、二度と江戸には現れないと思います。正五郎とはそういう男だと見ました」

「わしもそう思う。大盗賊はじたばたしない。すべての罪を背負って閻魔《えんま》さまの前に行くのだろう。閻魔さまと二人でどんな話し合いになるか……」

「人を傷つけておりません」

「なるほど……」

　半左衛門が納得した。

「潮見坂の百姓家に正五郎はもういないだろう。帰ってくることもないと思う。そうだろう長兵衛？」

「はい、その通りかと存じます」

「潮見坂に行ってみるか？」

「はい……」

「長兵衛、お鈴を守ってやれ、正五郎が命をかけるただ一つの願いだ」

「はい！」

　長兵衛は奉行所を飛び出すと潮見坂に走った。奉行が言うように、正五郎はもういないだろうとわかっていた。

「半左衛門、長兵衛が持ってきたこの事件は簡単には終わらないと思う。わしの勘だがな」

「それでは正五郎が始末をつけられないと？」

「おそらくな。子分も大人数になると色々なのが居て、足を洗うのを嫌《いや》がる者も少なくないだろう。二代目正五郎などと言い出すとややっこしいことになる」

「確かに、うまく収まるといいが……」

「そこを心配して、長兵衛はわしに話を持ってきたのだ。半左衛門、長兵衛は昼行燈などではない。むしろ、度胸もあり、先の読める賢《かしこ》い男だ。少々飽きっぽいがな」

「酒でしょうか？」

「そんなに飲むのか？」

「銭がないので、あちこちの振る舞い酒を……」

「酒の強請《ゆす》りたかりか？」

「飲ませる方も喜んでいますから、無罪放免かと……」

「なるほど、半左衛門、あの様子だとお鈴を嫁にするつもりだぞ。親父の喜十郎をせっついて早く祝言させてしまえ、長兵衛のような無頼漢《ぶらいかん》は、嫁をもらうと驚くほど豹変《ひょうへん》することがある。おもしろいかもしれん……」

「長兵衛のところは妹がいるから、お鈴をもらうと五人所帯《じょたい》になります。子ができたりすると少々苦しいかと？」

「妹を嫁に出せばいいではないか、同心《どうしん》の一人者と言えば何人かいるのではないか？」

「お奉行、そうは言っても犬猫をもらうようには……」

「半左衛門、そなた、割れ鍋《なべ》に綴《と》じ蓋《ぶた》ということを知っているだろう。夫婦《めおと》なんていうものは、みなそんなもんだ。わしを見ろ、続けて四人目だぞ」

話を聞いていた喜与《きよ》がニッと笑う。

「お奉行は特別ですから……」

「わしも長兵衛も同じだ。見ていろ、そのうちわかる」

「そうですか、では早速に、喜十郎殿をせかしてみます」

「そうしてくれ……」

「奥方さま、お大事に……」

「まあ、半左衛門殿が、ありがとう」

腹の大きくなった喜与がうれしそうだ。

その頃、真《ま》っ暗《くら》な潮見坂を上って、長兵衛は人気《ひとけ》のない百姓家の引き戸を引いたが開かない。もう、正五郎はいなかった。

根津神社の門前まで戻ってくると道端に人がいる。

「正五郎か？」

「へい、お待ちしておりました」

「これからどこへ行く？」

「旦那との約束を果たしにまいります」

「そうか……」

「ありがとうございました」

「お奉行にすべて話をしたぞ」

「そうですか、それはようございました。それでは旦那、ここでお別れいたします」

「行くか？」

「はい……」

正五郎は長兵衛に頭を下げると、闇《やみ》の中へ溶《と》けるように根津神社の参道へ消えた。長兵衛はお奉行が言ったように、正五郎が死に場所を探しに行くのだと感じた。

正五郎に何んの屈託《くったく》もなかった。

今生《こんじょう》に残す未練はもうないのだろう。

長兵衛が歩き出そうとした時、暗闇から呼び止められた。

「旦那……」

「誰だ？」

「あっしは正五郎お頭《かしら》の子分で、和助《わすけ》と申しやす」

「和助？」

「へい、お頭から旦那とつなぎを取るよう言われやした。お見知りおき願いやす」

「わかった。正五郎はどこに向かったのだ？」

「それは、申し上げられやせん。御免《ごめん》なすって……」

和助も闇に消えた。頰《ほお》かぶりをした顔は、白い髭《ひげ》の老人のようだった。長兵衛は灯《あか》りもなしに、微《かす》かな星明かりをあてにして八丁堀に戻った。

もう、正五郎に会えないのかと思うと寂しい気もする。

役宅はどこも温かそうな灯りだ。

「帰ったぞ……」

「はい！」

狭い玄関の敷台に、お純とお鈴が出てきて座った。

「お帰りなさいませ……」

「どうしたんだ？」

「お鈴ちゃんにあたしの着物を着せたの、似合うでしょう?」

「化粧もしたのか?」

「そうだよ」

「なかなかいいんじゃないか……」

腰から鞘《さや》ごと刀を抜いてお純に渡した。お鈴はお純の人形のように飾り立てられている。お純にされるままのお鈴は、化粧までされて別人だ。

「お鈴、似合っているよ」

「うん……」

「お鈴ちゃん、うんじゃなくてはい……」

「はい!」

姉妹《しまい》のような二人だ。

「父上、只今《ただいま》戻りました」

「うむ、遅かったな?」

「お奉行と長野さまにお話がありまして……」

「そうか……」

「その長野さまがさっき立ち寄られて、長兵衛とお鈴の祝言を上げるようにと、お奉行さまのご命令だと突然に。どういうことなの？」

お久が、驚くことばかりで面食らっている。

「母上、長野さまの言葉の通りです」

「そんなお前、急に……」

「お奉行はそういう人ですから……」

「お鈴さんはどこの人なの？」

「名古屋です」

「な、名古屋、どうしてそんなところから……」

「それを話すと長くなります」

そこに、お純とお鈴が夕餉《ゆうげ》の膳を運んできた。

「お父上、夕餉が遅くなりました」

「うむ、何刻になる？」

「もう五つ、戌《いぬ》の刻（午後七時〜九時頃）になりました」

「五つか……」

「母上、まずは夕餉をしてから。お鈴、その膳はわしのだ」

「はい……」

「着物の裾《すそ》が少し長いな。それでは転ぶぞ」

「はい……」

「お純、明日からもう少し短く着せてやれ、転ぶと怪我《けが》をするぞ」

「はーい……」

一家に人が一人増えるということは、家族の様相がガラッと変わる。何よりも喜んでいるのは、妹ができたと勘違いしているお純だ。

お鈴も姉ができたと思っているようで、二人は仲がいい。夕餉が済むと、二人ははしゃぎすぎて疲れたのか寝てしまった。

長兵衛はなかなか納得しない母親のお久を説得した。

その頃、正五郎は、和助と弥吉《やきち》を連れて品川宿《しながわしゅく》に泊まっていた。

「お頭、お香《こう》は？」

「うむ、ある者を行かせて引き上げさせた」

「そうですか……」

正五郎は江戸で仕事をするため、配下のお香という女を、日本橋《にほんばし》の廻船《かいせん》問屋、遠州屋《えんしゅうや》伊《い》右衛《え》門《もん》に入れていた。

その遠州屋に、お信を行かせて引き上げさせている。

正五郎はお信に、お香を隠してくれと頼んで一味から切り離した。お香は正五郎の女で、これまでは弥吉一人がつなぎを取ってきた。

「お香は誰にもわからないところに隠した。巻き込まれては可哀《かわい》そうだからな」

「へい……」

正五郎がどこを狙っていたかを知っていたのは、和助と弥吉だけだった。

「お頭、江戸での仕事を投げることになると、反対する者が出るのではないですか？」

「だろうな……」

「あっしは三河《みかわ》に帰って漁師をしやす」

「それはいいな。弥吉はまだ若い。大きな船を買えばいい」

「へい、そのつもりです」

「和助はどうする？」

「お頭、江戸に残っては駄目《だめ》ですか？」

「お鈴の傍か？」

「へい、娘の代わりに見守ってやりてえので……」

お鈴の母親お千《せん》は、和助の娘だった。そのことをお鈴は知らない。

「江戸に残るのは危険だぞ。それでもいいのか？」

「ひっそりと暮らしやす」

「そうか……」

自分の代わりに和助が江戸にいるのもいいかと思う。

「お頭が隠居すると言えば、小三次《こさんじ》や磯次《いそじ》、松吉《まつきち》や惣八《そうはち》が反対すると思いやす」

「四人だけではあるまい。粋《いき》がっている金遣いの荒い奴は、みな反対するだろう？」

「そうだと思います……」

「金助《きんすけ》と八五郎《はちごろう》はどうだ？」

「あの二人はお頭に従います。他にも何人かは……」

「二つに割れるか？」

「三つではないかと、小三次と松吉は不仲ですから……」

「そうか、三つか？」

「おそらく、金を残している者は狙われると思うんで」

「お前たち二人も狙われるか？」

「まずはお頭で？」

正五郎には、お鈴の父親小太郎《こたろう》と母親お千が残したものと、正五郎が残している小判が相当にあると子分たちは思っている。だが、その在《あ》り処《か》は正五郎の他は誰も知らない。

「わしを狙うか?」

「気をつけてくだせい。あいつらは、いつ狂犬に変わるかわかりやせんです。お頭がくれる小判が目当てでついてきた連中ですから……」

「そうだな。わしが隠居するといえば本性《ほんしょう》を現すか。盗賊なんていうものはそうかもしれんな。寂しい話だ……」

そういうことはわかっていて使ってきた連中だ。

正五郎がにらみをきかせて、そんな連中に非道《ひどう》なことはさせないできた。その箍《たが》が外《はず》れれば、樽《たる》はたちまち樽ではなくなる。

その樽は壊れるだけだが、頭を使えない盗賊は凶暴になるしかない。

それをわかっているだけに、正五郎は何んとかしたいが、それを聞き分ける連中でないこともわかっている。

「みなが集まるのはいつ頃になるか?」

「四、五日はかかるかと思いやす」

「暮れだな……」

「雪が降れば正月になるかもしれやせん」

「そうか、それまではここで美味い魚でも食うことにしよう」

「本門寺《ほんもんじ》へは？」

「和助、お前の隠れ家にわしはいない方がいい。弥吉、みなが集まったら知らせてくれるか？」

「へい、承知しやした」

正五郎は、いつも仕事の直前まで一味の前に姿を現さないできた。一味をまとめているのは和助で、弥吉がつなぎをつけている。全員が集まるのは仕事の前だけだ。

警戒して互いのつなぎも滅多《めった》に取らない。

子分同士で親しくしている者はいるが、勝手に仕事をすることは禁じられている。それを破れば一味からは追放されることになっていた。

これまで約束事を破った者はいない。

正五郎と最初から仕事を始めた者は、病《やまい》で亡くなったりして数人しか残っていない。三、四年に一人ぐらい新しい者が入ってくる。

和助と松吉は最初からの仲間だった。

「お頭、一人の時は気をつけてくだせい……」

「そうしよう。毎日、海でも見て弥吉を待っているよ」

「風が寒いですから……」

相変わらずの寒さが続いていて、三人は少し酒を飲んでから寝た。

十二月になると奉行の勘兵衛は、与力、同心に暮れの挨拶をした。これは毎年のことで、盆と暮れの年に二度の恒例である。

与力はまだしも、三十俵二人扶持の同心には奉行として気を使う。

いつも、盆には反物《たんもの》など仕事上必要なものを贈り、暮れには正月の餅代《もちだい》として小判を二枚ほど贈った。

それだけでも与力二十五騎、同心百人に配るには二百五十両が必要だ。

奉行所に貯《た》めた、試し斬りの礼金などの余禄《よろく》では足りずに、勘兵衛が自腹を切って盆と暮れに用意することもある。

職禄三千石だけではとても足りなかった。

町奉行は職務が多忙なだけでなく、知行五千石は家臣のものであり、領主の勘兵衛は貧乏でもあった。だが、町奉行という家康《いえやす》の命令は大きな栄誉でもある。

勘兵衛は勘十郎《かんじゅうろう》という息子が起こした江戸の治安に対する不始末があって、加増の話があっても受ける気はない。

家康に対する謝罪だ。

奉行所にいる与力、同心たちは幕臣であって、町奉行の勘兵衛の配下ではあるが、家臣ではないという難しい関係になっている。

いつも勘兵衛は、配下に細心の心配りをしていた。

この年も、勘兵衛は正月の餅代を配った。

ご用聞きの幾松《いくまつ》と三五郎《さんごろう》ももらった。特に、三五郎は、笹川《ささがわ》事件の褒美《ほうび》として、一両が追加され三両もらった。

品川宿に飛んで帰った三五郎は大威張《おおいば》りで、寿々屋《すずや》の小豆《あずき》と親父に事件の褒美として、一両ずつを下げ渡して「どうだ!」と満足だ。残りの一両は小春《こはる》に渡した。

長兵衛は、一両をお鈴に着物をくれたお純に渡し、一両を母親のお久に渡した。八丁堀の役宅はどこも正月の支度で忙しい。

奉行からの餅代二両はどこの役宅でも大いに助かる。

第三章　豪《ごう》遊《ゆう》

暮れから正月にかけて大雪が降った。

風もなく深々《しんしん》と降った雪は、一尺（約三〇センチ）ほど積もって止《や》んだ。

江戸城から城下はもちろん、はるかに遠い富士山《ふじさん》から江戸の海岸まで雪に埋もれた。

「お頭、みな揃《そろ》いやした」

弥吉が正五郎の部屋に飛び込んできた。

「ずいぶん遅かったな？」

「へい、この雪で箱根《はこね》が越えられなかったようです」

「そうだろうな、この雪では……」

「お頭、気をつけてくだせい。みんな疲れていらだっているようですから……」

「そうか、ところで和助はいくらあると言っていた？」

「二千八百両だそうです」

「うむ、結構だ。行こうか……」

昼過ぎ、品川宿の旅籠《はたご》を出て、正五郎と弥吉は、本門寺門前の和助の隠れ家に向かった。

江戸で仕事をするために、三年ほど前に借りた百姓家だ。

本門寺は池上《いけがみ》本門寺ともいう日蓮宗《にちれんしゅう》の大きな寺である。

鎌倉《かまくら》期の弘安《こうあん》五年（一二八二）九月八日、病を得た日蓮は、身延山《みのぶさん》を出て湯治《とうじ》のため常陸《ひたち》に向かった。十日後、十八日に、日蓮は武蔵《むさし》池上の池上宗仲《むねなか》の館《やかた》に到着、池上家は日蓮宗の大檀越《おおだんおつ》だった。

この池上家で日蓮は、生涯最期の二十日間を過ごし、十月十三日に日蓮が入寂《にゅうじゃく》（僧侶が死去すること）すると宗仲は、法華経《ほけきょう》の文字数六万九千三百八十四字に合わせて、六万九千三百八十四坪を寺領《じりょう》として寄進《きしん》する。

そのことがあって、長栄山《ちょうえいざん》本門寺が池上本門寺と呼ばれるようになる。

正しくは長栄山大国院《だいこくいん》本門寺という。

鎌倉、室町《むろまち》期には関東の武将たちに庇護《ひご》された古刹《こさつ》である。

正五郎が百姓家に入ると、いつものことながら緊張が走った。

「大雪の中、わざわざ江戸まで来てもらったが、この度の仕事は、北町奉行の米津勘兵衛に知られたようだ。この仕事は危ないので投げることにした」

集まったのは十六人で、納得できない顔の者が何人かいる。

「納得できないかもしれないが、ここに、名古屋から仕事のために運んだ二千八百両があるので、これを二百両ずつ均等に分配する」

「お頭、今回は二百両だけで？」

「そうだ。これまでお前たちには数千両ずつを渡したはずだ」

「それで、次の仕事はどうするんです？」

「そこだが、わしはもう歳だ。この仕事から退《ひ》きたい。隠居だ」

急にざわざわと落ち着かなくなった。

「お頭、もう一回、大仕事をしておくんなさいよ。二百両じゃどうにもならねえ！」

「磯次、お前は何千両もみな使ったのか？」

「ああ……」

「そんなことではいくら仕事をしても仕方ないだろう」

「お頭、あっしも文無しで……」

「一晩で五十両も百両も使えばそうなる」

「何ッ!」

金助が小三次を咎《とが》めると一気に殺気《さつき》立った。

「自分の金をどう使おうと勝手だろう!」

「お頭は隠居したいと言っているんだ。もう、疲れなすったんだろうよ!」

「二百両でお払い箱かッ?」

「これまで、お頭から何千両もらったんだ。考えてみろい!」

「うるせえ!」

「なんだとこの野郎!」

「待てッ、待てッ、喧嘩《けんか》は止めろ!」

和助が仲裁《ちゆうさい》に入った。

「こんな喧嘩をしているようでは、次の仕事など無理だ。お頭は隠居したいと言っておられるんだ。気持ちよく聞いてやれねえのか?」

「二百両じゃな……」

「お頭、貯めている分から、少し分けておくんなさいよ」

「てめえらッ、お頭に強請《ゆす》りたかりをするつもりかッ!」

「いい加減にしねえか馬鹿野郎ッ！」

黙って喧嘩を見ていた八五郎が大声で怒った。

「お頭に感謝こそすれ、磯次、てめえこの野郎ッ！」

「もういい、和助、二千八百両は欲しい奴だけにやれ、わしは磯次が言うような金は持っていない」

「承知いたしやした。弥吉、奥から小判を持ってきてくれ……」

「へい……」

弥吉が立って行くと、小判の入った袋を持ってきた。

「全部持ってきてくれ……」

「へい……」

小判の入った袋は六袋あった。

「お頭、これで全部です。一袋に五百両です」

「欲しい者はここに残って分ければいい。わしはもう仕事はしない」

そういうと、正五郎が一人立ち上がって百姓家を出た。その後を弥吉が追っかけた。二人は急いで品川宿に向かった。

和助も百姓家を出ると、正五郎とは逆に、潮見坂の百姓家に向かった。

正五郎と弥吉は旅籠に戻ると、素早く支度をして宿を出た。子分たちが本門寺前の百姓家にいるうちに、二人は六郷橋《ろくごうばし》を渡って江戸から離れた。

目の前の小判に集まったのは九人で、正五郎たち七人は雪の中姿を消した。

正五郎と和助と弥吉をのぞいた他の四人は、たっぷりと小判を持っていて、二百両や三百両などには見向きもしない。

この稼業から引くつもりなのだ。

案の定、小三次と松吉は不仲で、松吉が三人を率《ひき》い千二百両を持って、小三次たち五人と分かれた。

松吉は名古屋に戻って、二代目正五郎を名乗り、四人で仕事をしようと考えていた。

問題なのは小三次や磯次、惣八などの五人だった。

「一人三百両だ。まああだな。しばらくは遊んで暮らせるだろう?」

「おう、江戸に来たらまずは吉原《よしわら》だろうよ」

「行ってみるか?」

「腹も減ったし、この雪じゃ客も少なかろう。行こう」

「よし、美味いものを食って、女を抱くか?」

「話は決まった。正月から縁起《えんぎ》がいいぜ！」

こういう連中だから、何千両あってもすぐ消えてしまう。小判がある間は遊んでしまう何んの考えもない奴らだ。

悪銭《あくせん》身につかずというが、こういう奴らは何も身につかない。

「どうせなら大きい見世《みせ》がいいだろう」

「そうだ。五人一緒だからな……」

「吉原っていうのは駿府《すんぷ》の二丁町《にちょうまち》と同じなんだってな？」

「大きさが？」

「見世だよ。見世が移ってきたんだそうだ」

「そうか、駿府から来たのか、おめえそういうことは詳しいな？」

「任せておくんな。橘屋《たちばなや》っていう大きい見世があるはずだ。いい女が揃っているという噂《うわさ》なんだ！」

五人は橘屋に上がると山出《やまだ》しのままで、厳しい江戸のことを何も知らずに遊び続けた。

大雪の正月で、吉原には客が少ない。

派手によく遊ぶ五人組はよく目立った。

吉原には惣名主《そうなぬし》の庄司《しょうじ》甚右衛門《じんえもん》が、吉原開設の許可と引き換えに、幕府や町奉行と取り交《か》わした約束がある。

一つ、客を連泊させないこと。

一つ、騙《だま》されて連れてこられた娘は親に帰すこと。

一つ、罪人は届け出ること。

この三つは厳しく守られていた。妙な噂が立つと、惣名主の庄司甚右衛門が勘兵衛に呼び出されて、厳しくお叱《しか》りを頂戴《ちょうだい》することになる。

幕府も町奉行も、ご府内の風紀紊乱《ふうきびんらん》を最も恐れていた。

江戸は目に見えて女の数が少なく、殺伐《さつばつ》としたことにならないよう、仕方なく家康が駿府城下に二丁町を許した経緯があり、幕府はそれを見習って日本橋吉原の設置を許可した。

この時、勘兵衛と甚右衛門の間で交わされた三条件だ。

一回目の豪遊は見逃されたが、二度目はそうは問屋が卸さない。

橋屋の文六《ぶんろく》が、西田屋《にしだや》の惣吉《そうきち》のところに走ってきた。吉原を守る忘八《ぼうはち》たちは、悪《わる》の匂いを嗅《か》ぎつけるのが早い。

「惣吉の兄《あに》い、今日で二度目なんだが、変な野郎たちが、浮舟《うきふね》と高尾《たかお》に貼りつきやがったんだ」

「変な野郎たち？」

「そうなんだ。五人組で派手に遊ぶのはありがてえが、どう見ても山出しで分不《ぶんふ》相応《そうおう》なんだ」

「五人で遊んでいるのか？」

「初回も五人、今回も五人、なんだか匂うんだ。それにあの言葉は尾張《おわり》あたりのようだ？」

「名古屋か……」

文六の話に惣吉が考え込んだ。

「歳は？」

「上が四十がらみ、下が三十がらみというところだ」

「若《わ》けえな。初回はいくら払った？」

「一人頭、なんだかんだで十二、三両にはなったと思いやす、女たちにもそっと渡していたそうですから……」

「五人で六十両か、年恰好からそんな大金を持っているのは、あれしかあるまい？」

「へい、あっしもそう思うんで、兄いの耳へ……」

「今夜は泊まりか？」

「五人とも泊まりで……」

「わかった。惣名主さまに相談する。おめえは五人を見張っていろ！」

「わかりやした！」

文六が戻って行くと、惣吉は甚右衛門に対処を相談した。

「惣吉、そいつらは間違いなくその筋の者だ。ひと仕事しようと出てきたんだろう」

「江戸をなめやがって……」

「そんなところだ。江戸の怖さを知らねえのさ……」

「それでは……」

「そうだな、見廻りの旦那は誰だ？」

「夕方、見かけやしたのは村上《むらかみ》の旦那で……」

「夜廻りの時に話をして、五人のねぐらを突き止める手配をお願いしなさい」

「承知しやした」

こういう奉行所の手助けをすることが吉原のためになり、町奉行の米津勘兵衛が喜ぶのだと甚右衛門は知っている。そういう狡《ずる》さも、吉原の惣名主としては大切なことだ。

二町（約二一八メートル）四方の日本橋吉原には、女たちを始め多くの人々が生きている。それを守り抜くためには惣名主として何んでもする。

庄司甚右衛門は吉原を作った時、自らにそう言い聞かせて命を張った。

町奉行の米津勘兵衛とはつかず離れず、遠からず近からずがいいと決めている。そのあたりは阿吽《あうん》の呼吸で、互いに武家同士心得ていた。

明け方近く、村上金之助《きんのすけ》と松野喜平次《まつのきへいじ》が現れると、惣吉と文六が二人を呼び止めた。

松野喜平次は怪我ばかりするので、勘兵衛からお澪《みお》の祟《たた》りだから、お夕《ゆう》と二人で愛宕《あたご》神社に行ってお祓《はら》いをしてもらえと注意された。

喜平次はお夕を妻に迎えるつもりで、お澪の祟りは心当たりのあることだから、早速、二人で出かけてお祓いを受けてきた。

「旦那……」

暗がりから惣吉と文六が現れた。

「どうした惣吉、文六と一緒とは珍しいな？」

「実は旦那、惣名主さまからお二人に相談しろと言われまして……」

惣吉と文六が、橘屋の五人組のことを話した。

話の筋はわかりやすい簡単なことだ。

「それは間違いないな。文六、手柄だ」

「へい、お役に立てて……」

金之助に褒《ほ》められて、文六が頭を掻《か》きながら照れる。

「そろそろ出てくるか？」

「もう、夜が明けますんで、間《ま》もなく五人が出てきやす」

「惣吉、わしらは二人で五人を追う。奉行所には戻れないから、お前が与力の長野さまに仔細《しさい》を話しておけ！」

「へい、承知しやした！」

「文六、お前も手伝え……」

「何をすればいいんで？」

「一緒に五人を追うんだ。何かあれば奉行所に走ってもらう」

「へい！」

惣吉も文六も、こういう奉行所の手伝いは大好きだ。誰にでも忌《い》み嫌われる忘八者だが、吉原の中では一人一人が筋目をわきまえている。

夜が明けると、遊び過ぎて寝不足なのか大欠伸《おおあくび》をしながら、五人が好き勝手に橋屋から出てきて見世の前に集まった。

「帰るぞ……」

「どこかで一杯やりてえな」

「戻ってやればいい。朝は滑《すべ》るぞ、転《ころ》ぶなよ」

五人が騒《さわ》がしく南に歩き出した。金之助、喜平次、文六の三人が縦《たて》に並んで追いかけると、惣吉が西に走って行った。

遊び惚《ほう》けている五人は、まったく無警戒だ。

「あの野郎たちは、ここが江戸だとわかっていないな……」

金之助が独り言でつぶやく。先頭が喜平次で、顔の知られている文六は、頰《ほお》かぶりをして半町以上離れて最後を歩いている。

つけられているのに一度も振り返らない。

油断もいいところだが、追っている三人は楽な追跡だ。

五人はふざけ合いながら、池上本門寺前の隠れ家に戻ってきた。

「こんなところに巣を作っていやがったか……」

三人が集まった。

「ここがねぐらだ。迎え酒をやってひと眠りだろう」

「文六、奉行所に池上本門寺前の百姓家だと知らせてくれ！」

「がってんでやす！」

吉原の仕事をすっかり忘れて忘八の文六が走り出した。悪党の追跡をして捕り物の手伝いをするのはおもしろい。吉原にも、お奉行所の手伝いだと胸を張って帰れる。

「あの野郎たちはすぐ捕まるかな……」

文六が走りながらつぶやいた。五人が捕まってしまえば、橘屋は一日五、六十両、二日で百両から百二十両の損になる。

「二、三日泳がしてくれると儲《もう》かるんだがな……」

悪党がいると知らせるのは、遊女屋には痛し痒《かゆ》しなのだ。しらばっくれると、後で奉行所に発覚したりして信用されなくなる。

大きな事件になったりすると咎められて、楼主《ろうしゅ》が巻き込まれ投獄されるようなことや、運が悪いと闕所《けっしょ》にされたりしかねない。

「奉行所は怖いからな……」

文六はブツブツ言いながら呉服橋御門内の奉行所まで来ると、着ている忘八の衣装を気にしたが、門番に深々《ふかぶか》と頭を下げた。

「ええ、吉原の忘八者で文六にございやす……」

「入れッ！」

惣吉が来たことで話は通っている。あっさり奉行所に入れと言われて戸惑《とまど》った。

「へい、御免なすって……」

「左の戸から砂利敷《じゃりじき》に入れッ！」

文六が恐る恐る砂利敷の筵《むしろ》に座って、誰もいないのに平伏した。あまり気持ちのいいものではない。罪人のような気分になる。

半左衛門が、倉田甚四郎を連れて現れた。

「文六、惣吉から聞いた。待っていた！」

「へへッ、恐れ入りやす」

「それで五人はどこに行った？」

「あの、池上本門寺前の百姓家でございやす……」

「池上か、ご苦労だった。もう少し奉行所を手伝え！」

「へへッ！」

「お奉行と相談して、そ奴らを泳がせて様子を見ることにした。まだ江戸で悪さをしたわけではないからな。但《ただ》し、わしの代わりにご用聞きを一人、橘屋に潜《もぐ》り込ませるから、お前が世話をしろ……」

「あっしで？」

「そうだ。お前だからいいのだ。詳しいことは惣吉から惣名主に伝えた。この仕事は大切なことだ。失敗するな！」

「へいッ！」

文六は偉《えら》いことになったと思う。そこに噂をすれば影で、ご用聞きの三五郎が現れた。

「三五郎、今日からしばらくの間、身分を隠して吉原で仕事をしてもらう」

「吉原、あの吉原で？」

「そうだ。お前の好きな吉原だ。だが、これは仕事だ。女に手を出したらその首を刎《は》ねるから覚えておけ！」

「畏《かしこ》まりました！」

「三五郎、そこにいる文六がお前の世話をする。吉原の仕来《しきた》りに従え、いいな？」

「はい！」

「久六《きゅうろく》、お前はこれから品川宿に戻って、小春に、三五郎はしばらく家に帰れないと伝えろ。それが済んだら池上本門寺前に行け、そこに村上と松野がいる。その二人の手伝いをするように……」

「承知いたしました！」

久六が平伏した。

「本門寺前に見張り所がいるな？」

半左衛門が倉田甚四郎にいう。長期戦になると考えているのだ。

「はい、これから行って、見てまいります」

「うむ、頼む、寝ていない村上と松野は交代だな？」

「倉之助《くらのすけ》と雪之丞《ゆきのじょう》を連れて行きます」

話が決まって与力の倉田甚四郎、同心の林《はやし》倉之助、大場《おおば》雪之丞、久六が奉行所から南に急ぎ、三五郎と文六が吉原に向かった。

勘兵衛は登城していた。

第四章　五千両

文六はひと安心だ。

早々に捕まってしまえば、一日に五、六十両の売り上げが吹き飛んでしまうと冷や汗だったのだ。

その阿呆《あほう》どもも、さすがに毎日、大金をばらまいて遊んでいてはまずいと思ったのか、五人組の親分だと勝手に思っている小三次が、磯次と相談して三、四日に一度の吉原行きに切り替えた。

こういう連中は、懐《ふところ》しだいで生きている。

「三五郎さん、五人組はあまり来なくなりやした」

「そうだな。懐が寂しくなったか？　そういつまでも小判が続くわけもなかろう……」

「まだ、正月なんですがねえ……」

五人組の足が三日、四日と遠くなった。

そんな時、井筒屋《いづつや》の徳次郎《とくじろう》とお直《なお》の祝言に招かれて、京から桂屋杢兵衛《かつらやもくべえ》と番頭の吉松《よしまつ》、井筒屋の次男徳三郎《とくさぶろう》が下ってきた。

井筒屋から奉行所に知らせがあった。

お直が襲われてから、井筒屋徳兵衛《とくべえ》が腕の立つ浪人を三人も雇って警戒を厳重にした。

徳次郎とお直はあまり出歩かなくなり、まったく隙《すき》を見せずに襲われることはなかった。そして遂《つい》に祝言の日が来て、三人が江戸に現れた。

「半左衛門、井筒屋の祝言に傷がつかないように、桂屋が京に帰るところを捕まえるようにしろ。三人をここに連れて来い」

「畏まりました」

「吉松に気をつけろ。発覚したとわかると自害するかもしれない。本当に悪いのは京にいる。おそらく、吉松は断り切れずにやったことだ」

「はい、そのように思います」

「難しい裁きになる」

「すべての罪を吉松に……」

「そこだ。一介の番頭が仕組める事件じゃないからどうするかだ。土井《どい》さまに申し上げれば厳しく処断されるだろう」

「どのあたりまでになりましょうか？」

「桂屋杢兵衛の女房……」

「その先へはどうでしょうか？」

「本当はそこが本丸なのだが、おそらくとどくまいな……」

「やはり、そうですか……」

「とどいてはいけないところなのだ」

「はい……」

京の公家《くげ》とはそういうところだと半左衛門も思う。

「畏《かしこ》き辺《あた》りにお仕《つか》えするとはそういうことだ」

「それでは、三人を捕縛《ほばく》する段取りをいたします」

「うむ、そうしてくれ……」

勘兵衛は桂屋を闕所にしたくない。杢兵衛の妻にも罪は問いたくない。そのためには、老中土井利勝《としかつ》を説得できる方策を考えたいと思う。

吉松の罪も、死人が出たわけでもなく何んとかしたい。

間もなく、井筒屋では盛大な祝言が行われ、徳次郎とお直が夫婦になった。

その翌日、朝早く井筒屋を出て京橋《きょうばし》を渡り、銀座《ぎんざ》まで行った桂屋杢兵衛、吉松、徳三郎の前に、村上金之助、本宮長兵衛・黒川六之助《くろかわろくのすけ》の三人が立った。

「京の桂屋さんですな？」

「はい……」

「北町奉行所の者です。お聞きしたいことがございますので、奉行所まで同道願いたい」

「お奉行所？」

「そうです。番頭の吉松さん、その荷物をお預かりいたしましょう」

三人は吉松の動きに気をつけている。

「わかりました」

何が起きているのか知らない桂屋杢兵衛が了承して、引き返すことにした。金之助が前を歩き、三人の後ろに六之助と長兵衛がいる。

三人が奉行所に到着すると、半左衛門は桂屋杢兵衛と徳三郎をひとまず井筒屋に帰し、呼び出しがあるまで控えているよう命じ、吉松は取り調べをせずにそのまま仮牢《かりろう》に入れた。

その牢内には、鳥越《とりごえ》神社でお直を襲った宗六《そうろく》が、まだ、簡単な取り調べを受けただけで、処分されずに入れられている。

そこへ、眉《まゆ》に疣《いぼ》のある吉松が入れられた。

「あッ……」

「お、お前は……」

お直の殺害を依頼した吉松と、それを引き受けた暗殺者が牢内で鉢《はち》合わせになった。だが、もう一人、徳次郎の殺害を依頼した男がいない。

吉松は、江戸で何が起きたのか一瞬で理解した。同じ牢内にいながら、二人は話をしようとしない。

今さら、話すべきこともなかった。

奉行所にすべて発覚していると思うと背筋が震えた。どんな罪に問われるのだろうと、絶望的な気持ちになった。取り調べにどう答えればいいか頭の中は大混乱だ。

こうなったら、正直にすべてを話すしかないと思う。

それに心配なのが、徳次郎殺害の依頼が、まだ生きているかもしれないということである。

計画の露見《ろけん》を知らずに実行されるかもしれない。

吉松は、依頼した男の名前や居場所など何も知らないのだ。計画が成功したら日本橋の橋の上で会うことになっている。

徳次郎殺害に成功しない限り、その男は現れない。

吉松には、徳次郎が殺害されればわかるわけで、その後に京から江戸に出てきて半金を渡すことになっている。

昼過ぎに勘兵衛が下城してくると、吉松は牢から引き出され、半左衛門に取り調べられた。

よほどの悪党でない限り、牢に入れられただけで観念する。

吉松もそうだった。

半左衛門の調べにすべてを白状した。中には畏き辺りにかかわる名前も出てきて、奉行所としては聞きたくないことが含まれていた。

後日、勘兵衛はそれらの名前を記録からすべて消し去る。

残してはいけないことだ。

事件は勘兵衛が想像した通りのものだった。

夕刻になって、桂屋杢兵衛と井筒屋徳兵衛が奉行所に呼び出された。二人は砂利敷に入れられて、半左衛門から事件のあらましを説明された。

桂屋杢兵衛はまったく与《あずか》り知らないことだが、番頭のしでかしたことで、闕所になる覚悟をした。桂屋の名が消えることだ。

それだけでは済まないと、すべての罪を受け入れる決心をした。

勘兵衛は、公事場《くじば》に出てくると座についた。

「これから二人の言葉を改《あらた》める。奉行の言葉をよくよく考えて返答するように。初めに言っておくが、わしはこの事件をこれ以上広げるつもりはない。傷は広げれば痛むだけだ。得策ではない」

二人は黙って勘兵衛の話を聞いている。

「事件のあらましは聞いての通りだ。この事件で大切なことは、どのように収めるかだ。桂屋にも井筒屋にも後継者がいると聞いた。そこで奉行の考えた解決策だが、徳三郎と桂屋の娘のお粂《くめ》を夫婦にして、もう一軒、店を新しく増やしたらどうかということだ」

京と江戸の紙問屋の二人が顔を見合わせている。

「二人が資金を出して後見《こうけん》すれば、徳三郎とお粂でもやれるのではないか、奉行は商売のことは素人《しろうと》だが、そのように考えた。他にいい考えがあれば別だが、双方が折り合える解決策ではないかと思う」

　老中の土井利勝が納得しそうな解決策だ。

　若い二人の後見人となれば、そう厳しいこともいえないだろうという勘兵衛の寝技だ。

「どこに店を出すかは二人に任せるが、肝心なのは、老中の土井利勝さまに納得していただく必要があるということだ。それには解決策を申し上げることしかない。起きてしまった事件は、消すことはできないのだから、知恵を出して解決策を考えることだ。老中の土井さまは、若い者の夢を奪うようなことはなさらないと思うからである」

「恐れ入りましてございます。お奉行さまのご配慮に桂屋李兵衛、いかようなことでもさせていただきます」

　平伏して李兵衛が泣いた。勘兵衛のやさしさが胸に突き刺さった。それは徳兵衛にも同じだった。

「お奉行さまの仰《おお》せの通りにいたします」

　豪商二人が、勘兵衛の解決策に同意した。桂屋と井筒屋に傷をつけずに、尚且《なおか》つ、新しい店を一軒増やすという絶妙の返し技だ。

禍《わざわい》を転じて福と為《な》すということである。二人に異存のあろうはずがなかった。

「吉松も望んでやったことではあるまい。なるべく軽い罪で済むように老中に申し上げるつもりだ」

「なにとぞ、よろしくお願い申し上げます……」

李兵衛は、自分の妻が娘可愛さのあまりに、愚かにも父親と仕組んでしたことだとわかっている。それ以上のことは李兵衛にも言えない。

京で生きていけなくなる。

それらすべてを飲み込んで、そこに罪が及ばないようにと、奉行が配慮してくれているとわかった。

「以上で、二人の取り調べは終わる」

そう宣告して、勘兵衛は公事場から立ち去った。二人の豪商は、いつまでも砂利敷の筵の上で平伏していた。

桂屋も井筒屋も救われたと思った。

翌朝早く、勘兵衛が登城する前に、桂屋と井筒屋の二人が現れ、座敷に上げると菓子折りを出して、奉行所へのお礼と言って帰って行った。

豪商はやることが速い。

勘兵衛は登城するとすぐ、老中土井利勝に面会を求めた。土井は勘兵衛の持ってくる話の重要性をわかっていて、どんなに忙しくても四半刻（約三〇分）ほどの面会を許す。

勘兵衛がうかがうと、土井利勝と安藤重信《あんどうしげのぶ》の二人が待っていた。

二人に井筒屋事件の内容を話すと、公家の絡んでいる話で露骨《ろこつ》に嫌な顔をする。そういう厄介《やっかい》な話は持ってくるなと言いたそうだ。

「どう解決する。結論を聞かせろ！」

「されば、ご老中のお許しをいただけるように、かように決着をつけたく存じまする」

勘兵衛が策士だと二人はわかっている。

桂屋と井筒屋が了承した解決策を、二人の老中に勘兵衛が披露《ひろう》した。

「ずいぶん円満に収まりそうだな？」

土井利勝が皮肉っぽく言う。

「あまり厳しい処分にしますと、あのような方々は何かとうるさいことを、ご老中に申してくるかと考えられます。むしろここは、鷹揚《おうよう》に構えれば、逆に幕府の権威を恐れると思われますので……」

「次に何が来るかと震え上がるか？」

安藤重信がニッと面白そうに笑う。

「はい、そこが大切にて、次は軽くないぞと思わせることにございます。本気で喧嘩をするかと凄《すご》んでいるように見せます」

「なるほど、町奉行は喧嘩上手だ。鬼勘《おにかん》というあだ名があるくらいだからな」

「恐れ入ります」

「ところで、なんぼもらった？」

「五百両……」

「何ッ、安い！」

菓子折りに入っていたのは五百両だ。

勘兵衛は奉行所のためとはいえ、袖《そで》の下をもらうのだから相当な悪だが、五百両では安いという土井利勝は、家康に似て大悪党だ。

安藤重信が、にやりと不敵《ふてき》な笑いを浮かべた。

なんとも言えない、煮ても焼いても食えない大悪党が、幕府のてっぺんにデンと座っている。勘兵衛も苦笑いするしかない。

「それでは、只今《ただいま》のこと、書類にいたしましてお届けいたします」

「菓子折りを忘れるな……」

土井利勝が勘兵衛を恐喝《きようかつ》する。

「畏まりました」

勘兵衛は下城すると、再び桂屋と井筒屋を奉行所に呼び出した。

「老中土井利勝さまと安藤重信さまからお言葉があった」

二人が緊張して勘兵衛の話を聞いている。

「どのようなご処分で？」

「処分ではない。菓子折りが軽すぎるということであった」

「か、菓子折り……」

驚いた顔だが、ほっとしているようでもある。金で済むことなら得意な商人だ。

「あの、どれほど重ければ……」

二人が困った顔で勘兵衛を見る。

「そんなことわしにわかるか、ご老中は、地獄《じごく》の沙汰《さた》も金次第と言いたいのであろうよ」

不愉快な顔の勘兵衛だ。

「土井利勝が腰を抜かすほど持って行ってやれ！」

「はい！」

勘兵衛が怒ったように言う。この脅《おど》しでいくら出るかだ。

大慌《あわ》てで井筒屋に戻った二人は、金蔵を空《から》にした。すべて吐き出したのである。その日のうちに、土井利勝と安藤重信に小判が運ばれて行った。

恐ろしいことに、奉行所にも千両が届いた。それを勘兵衛は有《あ》り難《がた》く頂戴《ちょうだい》する。千五百両は奉行所には大きな実入《みい》りだ。

盆暮れの三年分だ。

「半左衛門、商人とは有り難いものだな？」

「はい、誠《まこと》にもって結構なことで、日頃の同心たちの苦労が報《むく》われます」

「だからと言って、わしはお調べに手心などは加えないつもりだ」

「お奉行、少しはよろしいかと……」

「半左衛門、おぬしはそういう心づもりなのか、それなら千五百両は返してこい！」

「そのような勿体ないことはできません。同心たちに殺されます……」

「そうか、ならば仕方ないな」

何んとも腹黒い二人なのだ。

翌日、勘兵衛が登城すると土井利勝に呼ばれた。一人ポツンと座っている。勘兵衛の顔を見るとニッと笑った。いつもの仏頂面《ぶっちょうづら》が消えている。

「勘兵衛、あの二人をどう言って脅したのだ？」

「格別には……」

「そうか、これだ……」

指を三本立てた。

「三千！」

「声が高いぞ！」

「三千両でございますか？」

「そうだ。安藤殿のところには千両だそうだ」

「奉行所には千両でございます」

「五千両か……」

「どうでしょう、番頭は追放で？」

「そうだな、人が死んだわけでもない。家督争いということでいいだろう」

「穏便に終結いたします。有り難く存じます」

「勘兵衛、桂屋は禁裏《きんり》に出入りしておる。井筒屋は城のご用を務めている。あまり叱らなくてもいいだろう」

「承知いたしました」

人は黄金の輝きには弱い。商人はそこを熟知している。

この時からそう遠くない時期に、米の時代が終わり小判の時代が来て、武家は商人に莫大《ばくだい》な借金をして士農工商の関係がひっくり返ることになる。

黄金の威力を、商人は一番よく心得ていた。

吉松は罪を減じられ追放されるが、数年後にはひっそりと徳三郎とお条の店に復活する。この事件の発覚を聞いて徳次郎を殺害しようとした男が逃げてしまった。

奉行所に捕らえられていた宗六は、悪人と認定され、厳しく島流しにされる。

井筒屋事件の解決は、五千両のお陰で速かった。

一方の正五郎一味の事件は一筋縄《ひとすじなわ》ではいかない。本門寺前の隠れ家にいる小三次たちは、豪遊ができなくなっている。

奉行所に捕捉されていることには気づいていない。

問題なのは、吉原にいる三五郎だった。

何日も家に帰れず、小春に会いたい時は、六郷橋の甘酒《あまざけ》ろくごうに行くしかない。帰りに品川宿の寿々屋によって小豆と会う。

夕方までには、吉原の橋屋に戻らなければならない。

客の来る頃には忘八の半纏《はんてん》を着て、五人組が現れるのを待つという毎日だ。よく橋屋に現れるのが磯次で、年増《としま》の浮舟に惚《ほ》れ込んでいる。

磯次は回数が多いだけに派手な遊び方はしない。

その頃、本宮長兵衛は、時々潮見坂の百姓家に顔を出していた。

潮見坂には、庄兵衛に変わって和助が住んでいた。

この百姓家の存在を知っているのは、正五郎、和助、弥吉にお鈴とお信の五人だけである。お鈴がここに現れることはない。

その代わりに長兵衛が顔を出した。

「和助、正五郎はうまく子分たちと切れたのか？」

「へい、切れたというか、子分を捨てたというか……」

「もめたのか？」

「そうです。お頭がいざ仕事をやめるとなると、銭の欲しい者が反対します。そういう奴は自分では稼げない才覚のない者で、遊ぶことだけは十人前なのですよ。お頭の分け前だけが頼りで生きている奴らなのです」

「なるほどな……」

「困ったものです」

「正五郎は江戸を出たようだな」

「旦那はご存じで？」

「和助、北町奉行所を甘く見ないでくれ、池上本門寺前の百姓家にいる五人組は、どこに行こうが厳重に見張られている」

「もう、見つかっているので？」

「江戸の奉行所はどこよりも厳しい。ことに奉行の米津さまは悪党に厳しいと思え。あの五人は簡単に網《あみ》に引っかかった。もう逃げられない」

「その五人はお頭の言うことを聞かずに、別れて江戸に残った片割れで、小三次や磯次たちだと思われます。別れたのは九人です……」

「四人はどこへ行った？」

「松吉という者と江戸を出たと思われます。残りはあっしのようにお頭に従いましたから……」

「そうか。あの五人は見張られているからもう動けないが、どこに消えたかわからない四人の行方《ゆくえ》が気になるな？」

「松吉は賢い男だから、二代目を名乗るのではないでしょうか？」

「二代目正五郎か？」

「おそらく、そんなことになるのではないかと思います」

「江戸にいるのが小三次に磯次で、消えたのが松吉というのだな？」

「たぶん、間違いないと思います」

長兵衛も本門寺前の見張りに何度か行っている。その五人組の動きは、懐が寂しくなると徐々《じょじょ》に変わってきた。

飲んで食って遊んで暮らすわけだから、泡銭《あぶくぜに》はたちまち消えてなくなる。

「なかなか遊びに来なくなったな？」

「へえ、懐が寂しくなったんでやしょう……」

三五郎と文六が手持無沙汰《てもちぶさた》だ。

「琴浦《ことうら》が、三五郎さんは忘八じゃねえだろうと聞くんですが？」

「琴浦？」

「時々、三五郎さんに色目を使う子ですよ……」

「あの子が琴浦というのか？」

「あっしに口を利いてくれないかというんで……」

「おれを好きなのか？」

「どうです？」

「馬鹿野郎、女に手を出すと、長野さまにこの首を斬られるんだ！」

「あっしは口が堅いから大丈夫でやすよ」

「てめえ、おれをひきずり込むな！」

「据《す》え膳《ぜん》を食わねえんですかい、三五郎親分……」

文六がにやりと笑って三五郎をからかう。

「おれにゃ女房がいるんだ」

「久六さんから聞きやしたよ。いい女なんですねえ……」

「そうよ。滅多にいねえいい女だ」

「鯛《たい》ばっかり食べていると、偶《たま》には鰯《いわし》を食いたくなりやせんか？」

「何を言いたいんだ？」

「いや、鰯も時には美味いと言いたいんで……」

「おれに琴浦を抱けというのか？」

「あっしらは忘八だから駄目《だめ》ですが、三五郎さんは忘八じゃねえ、琴浦には匂いでわかるんです。旦那はいい人だって、抱いておくんなさいよ……」

「文六、馬鹿を言っちゃいけねえよ。こんなところに通えるような小判を、おれが持っていると思うのかい？」

「三五郎さん、そんなこと心配ねえ、あっしが手引きをしやす。ああいう子は、一度でいいから本気で男を好きになってみたいんでやすよ」

「それが危ないんだ文六。二度、三度と続くと情が移るって言うじゃねえか、そうだろ、違うか？」

「そうだけど、折角《せっかく》、好きだって言ってんだから、なんとかなりやせんか？」

「なんとかならねえな……」

三五郎は女に好かれる質《たち》だと思っている。女にそんなことを言われたことのない文六は勿体ねえと思う。

「だったら、琴浦にそう言ってくだせい。あっしには言えねえや……」

「おめえ、安請《やすう》け合いをしたんじゃねえのか、任せておけとかなんとか言って……」

「へい、確かに安請け合いをしやした。断られるとは思いませんでやすからねえ、あんないい女に誘われたんだから……」

「二人で会えばどうなるかわかっているだろう」

「わからねえ……」

文六が不貞腐《ふてくさ》れた顔だ。琴浦のため、いいことをすると思っていた。それを三五郎に断られて不機嫌になる。苦界《くがい》で生きる文六もやさしい男なのだ。

第五章　有漏路《うろじ》

五人組が吉原に現れなくなると、三五郎は半左衛門に本門寺の見張りに回れと命じられた。

その最後の夜に事件が起きた。

三五郎は琴浦に会って、もう会えなくなると告げていた。

「もう、ここに来れないの？」

「ああ、文六が手引きをするというが、そういうことはしたくない」

「琴浦を好きじゃないんだ？」

「そんなことはない。好きだよ。だけどこれからは、お前に会いにくれば泥棒と同じではないか？」

「嫌だよ。別れたくないもの……」

「おれも同じだが、会いに来るのは無理なんだ」

「月に一遍《いっぺん》、一年に一遍でいいから……」

二人がもめているところに文六が飛び込んできた。

「人殺しだッ！」

「なんだと！」

「花月楼《かげつろう》の牡丹《ぼたん》を人質《ひとじち》に逃げた野郎がいる！」

「奉行所に走ったかッ？」

「惣吉兄いが走った！」

「よし、行こう！」

三五郎は琴浦を突き放して、琴浦の部屋から飛び出した。

「女が二人斬られた！」

「浪人かッ？」

「うん、忘八も五、六人斬られた！」

「その浪人はどこにいる？」

「吉原を飛び出して、通りの向かいの茶屋に立て籠《こ》もりやがった！」

橘屋を飛び出した二人が通りに出て、松明《たいまつ》と提灯《ちょうちん》の灯りが集まっている通りに走った。

惣名主の庄司甚右衛門が、忘八たちに茶屋を包囲させていた。

「三五郎親分……」

「惣名主さま！」

「中には平田伝三郎《ひらたでんざぶろう》という浪人と、花月楼の牡丹がいる。茶屋の者が何人いるかはまだわからない……」

「そうですか……」

「惣吉が奉行所に走った」

「わかりました。女が斬られたそうで？」

「花月楼の女たちだ」

甚右衛門が茶屋をにらんでいる。左手に脇差《わきざし》を握っていた。小田原北条家《おだわらほうじょう》の家老松田尾張守《かろうまつだおわりのかみ》の家臣だった甚右衛門は、戦場で戦ってきた武将だ。

茶屋に飛び込んで浪人を叩《たた》き斬りそうな気迫でにらんでいる。遊女屋の女を殺すなど許せないという顔だ。

そこに花月楼の主人が現れ、惣名主に頭を下げた。

「どうでした？」

「婆《ばあ》さんは駄目でしたが、小夏《こなつ》は助かりそうです」

「浅手ですが背中を袈裟《けさ》に……」

花月楼では、二階を仕切っている女を婆さんと呼んでいるが、歳をとって遊女をやめた四十がらみの女のことだ。

小夏というのは、看板の夕顔《ゆうがお》と牡丹に次いで売り出している若い遊女だった。逃げようとして背中を斬られた。

庄司甚右衛門を中に、三五郎と花月楼の主人が並んで茶屋をにらんでいる。

そこに、馬に乗った内与力《うちよりき》の青木藤九郎《あおきとうくろう》と、与力の青田孫四郎《あおたまごしろう》が駆《か》けつけてきた。しばらくすると同心と捕り方が続々と現れ、少し遅れて、惣吉が馬に乗った長野半左衛門を案内してきた。

「長野さま、ご苦労さまにございます」

「おう、惣名主、浪人だそうだな？」

「はい、花月楼の主人にございます」

「以前、一度会っているな？」

「はい、また、ご厄介をおかけいたします」

「惣吉に、斬られた者がいると聞いたが？」

「小夏の傷は？」

「花月楼の女が二人、うち一人が亡くなりました。忘八も六人斬られましたが、深手は一人だけにございます」

甚右衛門が半左衛門に説明した。

「長野さま、お耳に入れておきたいことがございますが？」

甚右衛門と花月楼の主人が、半左衛門を暗がりに連れて行った。

「長野さま、実は茶屋に立て籠もっているのは、平田伝三郎と言いまして、人質にしている牡丹という遊女の元亭主にございます」

「なんだと？」

「女房を遊女に売ったのか？」

「そのようでございます」

「なんということだ……」

「平田は病で薬礼に困ったようでございます」

「牡丹は幾つなのだ？」

「この正月で二十一歳にございます」

「茶屋の者は中に何人いる？」

「よくわからないのですが、忘八の話では、いつも見かける老夫婦の二人だろうということです」

「平田は牡丹と一緒ですから、茶屋の者に危害を加えることはないと思われます……」

「そうか。それで平田の目的はなんだ？」

「それは牡丹に会うことではないかと思われます」

「その後のことだ」

「わかりません……」

「どう思う、惣名主は？」

「忘八の話では、やせ衰《おとろ》えた平田は幽鬼《ゆうき》のようだったと言います。ここへ来た目的は夫婦で心中、牡丹と無理心中かもしれません……」

「牡丹を殺して自分も死ぬか？」

「はい、武士の最期の意地かと……」

「牡丹を殺してから、死ぬために、打って出ることはないか？」

「そこはわかりませんが、討死《うちじに》も考えられます」

平田伝三郎がどんな死に際《しぎわ》を考えているか、それは誰にもわからない。半左衛門は、伝三郎がおとなしく腹を斬るとは思えない。

病であれば牡丹を刺し殺す力はあっても、その後、自害する力が残っているとは考えにくい。自害するには強い意志と力を必要とする。

簡単に死ねるものではない。

「平田が出てくれれば斬るしかないな？」

「そうなるかもしれません……」

「わかった。忘八たちを引き上げさせてくれるか？」

「承知いたしました」

半左衛門が、茶屋の入り口をにらんでいる藤九郎の傍に歩いて行った。惣名主の命令で、忘八たちが茶屋から離れた。

「青木殿、中にいる遊女と浪人は夫婦だったそうだ」

半左衛門が藤九郎につぶやくと、仰天《ぎようてん》した顔で振り返る。

「そういうことなのだ」

「夫婦ですか？」

「病のため妻を苦界に売ったようだ」

「それでは自害を？」

「その力は残っていないと思われる。斬るしかない」

藤九郎が半左衛門を見て渋い顔になった。そんな男を斬りたくないという顔だ。

「そこを曲げて、お願いしたい」

「それがしに斬れと？」

「苦しまないで死なせてやりたい。あまりに哀《あわ》れだ……」

藤九郎が考えている。こんな苦しい戦いは初めてだ。

「おそらく、妻を刺し殺したら外に出てくる。そこを斬ってもらいたい……」

半左衛門は、藤九郎の居合が一撃で倒すと見ている。

「わかりました。やりましょう」

「うむ、お願いする」

そういうと、半左衛門が茶屋の戸口に近づいた。

「平田伝三郎殿に頼みがある！」

半左衛門の言葉に反応はない。

「それがしは北町奉行の与力、長野半左衛門と申す。茶屋の者を外に出してもらいたい！」

屋内からは何の音もしない。

「そなたら夫婦に手出しはしない！」

それだけ言うと戸口から離れた。藤九郎の傍まで戻ってきた。茶屋の者を外に出して、夫婦は好きにしろということだ。

半左衛門は伝三郎が狂人だとは思わない。ただ一つの未練である妻を連れて死ぬ覚悟だと思う。それなら死なせてやろうというのだ。

無駄な怪我人を出したくない。

その半左衛門の考えが伝わったのか、カタッと閂《かんぬき》が外されて、茶屋の老夫婦が開いた戸口から出てきた。

半左衛門は、戸口に近づかないように役人たちを押さえている。

戸口が閉まった。

「大丈夫か？」

同心が二人、老夫婦の傍に走って行った。老夫婦が手をつないで半左衛門の前に連れてこられた。

「突然のことで驚かれただろう？」

「初めだけだ。やさしい夫婦だが、旦那さんの方はひどい病で、あれはもう駄目だな……」

老人が自分の家を振り返る。

「そんなにひどいか？」

「奥さんが支えないと、立っているのも難しそうだ……」

それを聞いた藤九郎が、刀の下《さ》げ緒《お》を取って襷《たすき》をかけた。

「奥さんもやさしいいい人でな、旦那さんと一緒に死ぬつもりだ……」

「そうか、乱暴はされなかったのだな？」

「なんもしねえ……」

「そうか、向こうで休んでくれ」

老夫婦が甚右衛門のほうに歩いて行った。

四半刻ほど待つと、夫婦で刺し違えようとして失敗したのか、血みどろの伝三郎が死にきれずに、戸口からふらりと出てきた。

それを見て藤九郎が走った。

鞘走《さやばし》った藤九郎の剣が、一瞬に伝三郎の首を刎《は》ね斬った。そのまま藤九郎が茶屋に飛び込んだ。牡丹は胸を突き刺されていたが、まだ生きていた。刀を傍に置いて藤九郎が抱き起こした。

「牡丹ッ！」

「伝三郎さま……」

「伝三郎は見事に腹を斬ったぞッ！」

「はい、ありがとうございました……」

微《かす》かに微笑んで、幸せ薄い女が死んだ。

藤九郎は遊女を抱いて泣いた。この女はこれで幸せなのだと思うしかない。

そこに半左衛門たちが入ってきた。

大きな事件にならずに決着がついた。だが、花月楼の婆さんが一人と、深手だった忘八が一人死んだ。

「三五郎、ご苦労だったな。ここは忘八に片付けさせる。お前は池上本門寺前に走れ、五人組が動きそうな気配になってきた！」

「へい！」

文六を見てニッと笑うと、三五郎が吉原から走り去った。

「琴浦、すまねえ……」

もう二度と会うことのないだろう女に詫《わ》びていた。

その池上本門寺前の五人組は、いつまでもぐずぐずと進展しない。

仕事をしそうなら、その仕事先で言い逃れできないように捕縛、逃げるようなら、六郷橋で捕らえることにしていた。

さすがに一人三百両は結構な使い出がある。

三月に入るといつものように、喜与がお産をするため、溜池《ためいけ》の屋敷に移った。駕籠《かご》に乗った喜与を、宇三郎、藤九郎、文左衛門《ぶんざえもん》の三人が護衛、お志乃《しの》、お登勢《とせ》、お滝《たき》の三人は、先に溜池に行って、喜与を迎える支度をしている。

立て続けに四人目だから、誰もが慣れたものだ。その軍大夫は、米津家の長女、長男彦野軍大夫《ひこのぐんだゆう》がニコニコと喜与を迎えた。

（本当は次男だが勘十郎は行方不明）、次女を育てている。

三人の子どもが走ってきて喜与に挨拶した。男の子は元気がいい。名は父親勘兵衛田政《ただまさ》の田の字を受け継ぎ田盛《ただもり》という。

まだ三歳で、母に甘えたい盛りだが、その母親は呉服橋御門の北町奉行所にいて帰ってこない。田盛は軍大夫に厳しく育てられている。

喜与はいつも安産で、四人目も女だった。

一男三女を一気に産んだ喜与は、不思議なことにこの後、まったく懐妊《かいにん》しなくなる。手を握っただけで懐妊すると勘兵衛が思ったのに、今度は手を握っても抱いても子ができなくなった。

それが後になってわかる。夫婦とは実に奇妙なものなのだ。どんな夫婦もみな割れ鍋に綴じ蓋なのだ。完全無欠なんて言うのはおもしろくもなんともない。ひびがあるからこそ、それぞれの音色《ねいろ》が違って、なんとも言えない味わいというものが生まれてくる。

世の中には伝三郎と牡丹のような夫婦もいる。

その愛の深さは同じようなものなのだ。

伝三郎と牡丹の最期の姿を見た半左衛門は、人の一生とは何んなのか、幸せとは何んなのか、そもそも人とは何んなのだと有漏路《うろじ》に入り込んでしまう。

人はみな有漏路の旅人なのかもしれない。

伝三郎と牡丹の事件は、半左衛門にとって忘れられないものになった。

長野半左衛門信定《のぶさだ》の老妻お松《まつ》は、喜与に似て鷹揚《おうよう》だ。

半左衛門は何事にもあまり響かないお松に、ほとんど仕事の話はしたことがない。返ってくる返事がわかるからだ。

「それはようございました……」

「それは難しいことでございました……」

この二つで生きている言葉の達人、人生の超人なのだ。自分から何かを主張するということがない。

そのお松が、半左衛門に意見を言ったのだから恐怖だ。

「お前さま、その牡丹さんの気持ちが、わたくしにはよくわかります」

「どうわかるのだ？」

「その牡丹さんが、伝三郎さまを呼ばれたのです」

「死ぬためにか？」

「ええ、もう、終わりにしましょうと牡丹さんが決心されたのです」

「なるほどな……」

「伝三郎さまにとって牡丹さんは菩薩《ぼさつ》さまです。牡丹さんが頼まなければ、殺すはずがありません」

「そういうことか、もやもやしていた胸のつっかえが落ちた」

「それはようございました……」

「牡丹が伝三郎を連れて行ったんだな」

「そう思います」

半左衛門は老妻の言葉で、夫婦の無理心中と思っていた考えを改めた。それを半左衛門は勘兵衛に話した。

「なるほど、婆さんがそう言ったか、確かに、心中は女が納得しないとうまくいかないことが多いな……」

「女の方から誘うことが多いのではありませんか？」

「牡丹のような身の上だと尚更《なおさら》か？」

「そう思います」

「お松婆さんの言う通りだろう。いい読みをしている」

「ありがとうございます。古女房も偶《たま》にはこういうこともございます」

「古女房か、いい言葉だな。苦労がにじみ出ている味のある言葉だ。古女房には感謝だな、半左衛門？」

「まことに持って仰せの通りかと……」

その日、半左衛門は書き役の岡本作左衛門《おかもとさくざえもん》に言って、伝三郎と牡丹の死を、無理心中から相対死《あいたいじに》と書き直させた。

家に帰って半左衛門がお松に言う。

「無理心中は止めたよ」

「それはようございました……」

居眠りしそうな顔で、いつもの返事が返ってきた。

第六章　大盗《たいとう》の死

池上本門寺前の百姓家に大きな動きが出たのは、三月も半ばになってだった。

五人が一斉に百姓家を出ると、江戸に散らばった。

その一人一人に尾行がついた。磯次を雪之丞と三五郎が追っている。

「とうとう仕事先を探し始めたようだな？」

「旦那、この江戸で仕事をしようとは太《ふて》え奴らですぜ！」

「何んにも知らねえ極楽蜻蛉《ごくらくとんぼ》じゃねえのか。尻に火がついているのに？」

「旦那、奴らは冬の蜻蛉《かげろう》ですよ……」

「なんだそれ？」

「そのうち、落ちて死ぬって言うことでさ……」

「うまいことを言うな三五郎。冬の蜻蛉か、確かにそのようだな。間もなく落ちるだろう」

二人は寒さしのぎにブツブツ言いながら磯次の後を追う。

他の四人も、奉行所の役人に後をつけられている。本門寺の前には見張り所が設けられ、五人組の動きはすべて捕捉されていた。

こうなればもう逃がすものではない。

雪之丞と三五郎の追っている磯次は、日本橋から神田《かんだ》をなめて回り、浅草寺《せんそうじ》まで行って何を祈願したのか帰り始めた。帰りも店を覗《のぞ》いて回る。

「大店《おおだな》は見ていないな？」

「旦那、奴らは五人だけだから大きな仕事はできねえですよ」

「そのようだな」

「押し込んで皆殺しにするんじゃねえですか、そんなところを探しているように見えますが、旦那はどう見ます？」

「三五郎、お前、いいところを見るようになったな」

「旦那、そうおだてないでくだせえ……」

「本当だ。あいつは一家四、五人のところで、よく繁盛《はんじょう》している店を探しているのだ」

「やはり皆殺しで？」

「おそらく、間違いない」

「あの野郎、必ず捕まえてやる！」

「仕事をする前にな……」

「へい！」

そんな中で磯次が行ったり来たり、店の前から中を窺《うかが》った店があった。

「あそこは藤屋万七《ふじやまんしち》という太物《ふともの》屋ですぜ。近頃、流行《はや》りの店で、男物がいらしいんだ」

「詳しいな？」

「旦那、あっしのこの股引《ももひき》が藤屋万七で……」

「ほう、それじゃ千両や二千両は貯めているな？」

「そんなもんじゃねえですよ。三千両を下ることはねえと思います」

「そんなにか……」

「股引は大流行なんですよ。あの野郎も着物の下に着けているはずだ。冬は温かいんで……」

「実は、おれも妻に勧《すす》められて穿《は》いているんだ三五郎……」

「旦那が？」

「冬の見廻りはこれがないと寒くてたまらないよ」

雪之丞は妻のお末《すえ》に、冬はこれが一番ですからと勧められて、数年前から温かい股引を穿いている。

その股引は、信長の時代に、ポルトガルからカルサオという穿物が入ってきて、温かく便利な穿物だということで流行った。そのカルサオが股引になった。

夏は足首まで長いと暑いので、膝上《ひざ》までの半股引《はんだこ》を穿くようになる。

この後、大工などの職人に股引と一緒に、鯉口《こいぐち》というシャツや物入れのついたどんぶりという腹掛《はらがけ》が流行ることになる。

この頃は、木綿《もめん》ものを太物、絹ものを呉服と分けて呼んでいた。

「あの野郎、藤屋万七を狙うとは許せねえ野郎だ！」

「三五郎、藤屋と決まったわけじゃない。もし狙っても、奴らが仕事に入る前に捕まえる」

「藤屋万七は江戸になくてはならない店なんで……」

「そうだな。股引の藤屋万七か、覚えておこう」

雪之丞と三五郎がそんな話をしながら、本門寺前の見張り所に戻ってきた。この見張り所の指揮を執《と》っているのが、与力の倉田甚四郎だ。

夕刻になると、五人組を追跡していた同心が続々と戻ってきた。すぐ話し合いがもたれて、五人組の狙いが、京橋の藤屋万七など三カ所だとしぼられた。

「もう一度、二度、仕事先を見に行くだろう。いきなり押し込むとは考えにくい。一人も見逃さずに追うことだ」

五人組の仕事が近いと感じている甚四郎は緊張している。

その翌日は、小三次が三カ所に絞った仕事場を次々と見て廻った。五人組が三カ所のうちの一カ所を襲うことが、ほぼ確実と考えられた。

三カ所を捨て、新たに探すとは思えない。

倉田甚四郎はそう確信した。だとすれば、三カ所のうちのどこかである。

数日後、小三次と磯次が、二人で本門寺前の百姓家を出ると、京橋の藤屋万七へ行って、逃げ道などを最後に確認して戻ってきた。

狙いが藤屋万七であることが確定する。

甚四郎は五人組の仕事を今日か明日だと感じ、一旦《いったん》、奉行所に戻って、奉行と半左衛門に報告、同心を二手に分けて配置することの許可を取った。

京橋の藤屋万七の周辺に、村上金之助、本宮長兵衛、黒川六之助、大場雪之丞、幾松と寅吉《とらきち》が待ち受ける。

池上本門寺前の百姓家から出た五人組を、倉田甚四郎、林倉之助、朝比奈市兵衛《あさひないちべえ》、松野喜平次、三五郎に久六が追う。

その日は最後の豪遊なのか、五人で吉原に繰《く》り出して橘屋に入った。三五郎は、飛び出してきた文六に誘われたが、琴浦のことがあって橘屋には入らない。

派手に遊んだ五人は翌朝、二日酔いでフラフラと本門寺前の百姓家に戻ると、そのまま倒れ込むように寝てしまった。

昼過ぎからぽつぽつと起き出した者から、夜の押し込みの支度を始める。

散らかり放題の百姓家は捨てる。

「暗くなったら出かけるぞ。仕事が終わったら大急ぎで江戸を出る。いいな？」

「わかった……」

懐には長めの匕首《あいくち》を忍ばせていた。

磯次は匕首ではなく脇差を腰に差した。

「藤屋万七は六人だ。皆殺しにする！」

「よし！」

「二千両はくだらねえはずだ。袋に入れて一つずつ担《かつ》いで逃げる！」

「一人五百両か、少ないな……」

「馬鹿野郎が、それなら行きがけの駄賃だ。小田原か駿府で仕事をするか？」

「いいんじゃねえか……」

「千両担いで名古屋に帰るか？」

「しばらく遊んで暮らせるな。京、大阪に遊びに行くか……」

「おれも行くぜ！」

すっかりその気の五人が、暗くなると百姓家を出た。まとまらずに一人ずつバラバラだ。藤屋万七の前に集結するつもりである。追いにくいことになった。

「後ろに気をつけろ！」

「奴らの間に入るのは辛いな……」

「危ないと思ったら追うのをあきらめろ。京橋には金之助たちがいる！」

「承知しました。まず、わしが行く！」

倉之助が闇の中に出て行くと、市兵衛が続き、喜平次が見張り所から出た。三五郎と久六が出て行くと、甚四郎は灯りを消して外に出た。

最後の追跡だ。

わずかな星明かりに、前を行く三五郎と久六の影が見える。

その頃、前を行く倉之助たちは、後ろが気になって、次々と追うのをあきらめて脇道に入っていた。

ここで気づかれたら、これまでの苦労が水の泡《あわ》だ。

三五郎と久六だけは後ろに心配がなく、前だけを見て五人組の尻尾《しっぽ》に食いついて離さない。

行く先がわかっているのだから慌てることはない。

追跡をあきらめた倉之助、市兵衛、喜平次の三人が、順次三五郎の傍に集まってきた。夜とはいえ、盗賊を追跡することの難しさだ。

五人は京橋の藤屋万七の前に集結すると、ようやくあたりを気にし始めた。

押し込んで皆殺しにしようというのだから荒っぽい仕事だ。五人が藤屋万七の裏口に回ろうとした時が最後だった。

「そこまでだな小三次！」

倉田甚四郎が声をかけた。

五人が振り返ると、そこには十人以上の人の影が並んでいる。

「クソッ、役人だッ！」

「磯次、神妙《しんみょう》にしろッ！」

「うるせいッ！」

名前まで発覚していることに驚愕《きようがく》しながらも、逃げようと匕首を抜いた。

「斬り抜けろッ！」

「往生際の悪い奴らだ。捕らえろッ！」

甚四郎の命令で、朝比奈市兵衛、林倉之助、本宮長兵衛の三剣士が一斉に突進、戦いにもならず、五人は峰打《みねう》ちを食らって次々と道端に転がった。

外の騒ぎに気づいて藤屋万七に灯りがついた時には、五人は幾松と三五郎にきりきりと縛《しば》り上げられていた。

臆病窓《おくびようまど》から外を覗いた番頭が、騒ぎが収まったのを見て戸を開けた。

「起こしてしまったようだな？」

「藤屋万七でございます」

「盗賊が出てな。今、捕らえたところだ」

「盗賊ッ、狙われたのはわたしどもで……」

「いや、それはわからない。偶々《たまたま》、捕らえたのがそなたの家の前だったのであろう。もう、心配はないぞ、ゆっくり寝直してくれ！」

「お役人さま、ありがとうございます」

藤屋万七には、繁盛している自分の店が狙われたとわかっている。傍に立っている番頭も万七と同じことを思った。

「引っ立てろ！」

「もたもたすんじゃねえこの野郎ッ！」

藤屋万七贔屓《びいき》の三五郎に追い立てられ、五人は連《つら》なって北町奉行所に引かれて行った。

夜が明けると、秋本彦三郎《あきもとひこさぶろう》の取り調べが始まった。

打ち首になるのは誰でも嫌で、沈黙して逃れようとする。だが、彦三郎の取り調べは、そんなことが通るような生温《なまぬる》いものではない。

反抗的だったり、強情《ごうじょう》すぎると、石抱《いしだ》きや木馬《もくば》や駿河《するが》問状《もんじょう》の拷問《ごうもん》が待っている。

「小三次、喋《しゃべ》りたくないなら喋らなくてもいいからな。久しぶりに駿河問状にかけてみるからどこまで我慢できるかだ。うぬらのような外道《げどう》には勿体ない拷問だがこれから始める。有り難く頂戴しろ！」

彦三郎は牢番たちに駿河問状の支度を命じる。

取り調べを急いだのは、他に逃げている仲間がいたからだった。

正五郎と一緒に足を洗った者たちは心配ないと思われたが、もう一組の松吉一味の動きがまったくつかめていない。

江戸にはいないと思われたが、再び江戸に現れないとはいえない。勘兵衛と半左衛門には、本宮長兵衛から松吉のことは耳に入っている。根津の先、潮見坂の百姓家に和助が戻っていることも知っていた。

その和助が、お鈴の母親の父であることも、正五郎と一緒に足を洗ったことも、捕まって処刑されるならそれも仕方ないと覚悟して、お鈴の傍にいたいと思って戻ってきたことも、長兵衛から聞いて二人は知っていた。

勘兵衛は、そんな和助を捕らえろとは言わなかった。奉行所に連れてこいとも言わない。

小三次を駿河問状にかけて、これまで正五郎がした仕事のあらましがわかった。京、大阪と名古屋を中心に、若い小三次が知っているだけでも十件ほどになる。

それ以前からのことを考えると、十万両というのも納得できるところだ。

「松吉の野郎は、お頭を殺して二代目を名乗るつもりだ！」

駿河問状にかけられ、塗炭《とたん》の苦しみを味わった小三次は、何んでも聞いたことに答える。

「なぜ、松吉は正五郎を殺すのだ？」

「お頭はたんまりと隠し金を持っている。それを狙うんだ」

「隠し金？」

「ああ、一万両は下るまい……」

「お前はなぜそれを狙わなかったのだ？」

「あのお頭は、死んでも在り処を白状するような玉じゃねえ……」

「すると松吉は、一万両を手にできないな？」

「ああ、どっちでもいいんだあいつは。殺す前に一万両が手に入っても、それでも殺す、松吉の欲しいのは二代目正五郎だ。京、大阪では盗賊どもが震えあがる名前だからな」

「お前はいらないのか？」

「名前なんかどうでもいい。どうせ松吉の野郎も、やることはおれと同じだ。お頭《かしら》のような仕事をする頭《あたま》はねえのさ、殺しをやるに決まっている」

「松吉のように、正五郎を殺す気はないのか？」

「ねえ！」

「どうしてだ？」

「言いたくねえ!」

「そうか、お前は正五郎に恩があるんだな?」

「そんなものはねえ!」

「じゃなぜだ?」

「言いたくねえ!」

「そうむきになるな。言いたくなければ聞かんよ」

小三次が強情に言いたくないというのは、親に捨てられ寺の前で泣いていたのを、通りかかった正五郎と息子の小太郎に拾われたのだ。

どこの寺かは覚えていない。

微かに美濃《みの》という言葉を知っていた。

それで小三次は、美濃で生まれたと思っている。小太郎と小三次は兄弟のように育てられたが、不運にも小太郎が死んでしまった。

頼りの小太郎がいなくなり、正五郎が足を洗うと聞いて、生き方を知らない小三次は、頼ってくる仲間と一緒に、親にも等しい正五郎を裏切った。

小三次を捨てた正五郎の罪なのだ。

秋本彦三郎は、取り調べの内容を、逐一《ちくいち》勘兵衛と半左衛門に報告した。

「半左衛門、隠し金一万両とは大きいな?」

「はい、正五郎は地獄に持って行くつもりでしょうか?」

「そうかもしれん。閻魔も一万両ではお目こぼしするかもしれないぞ……」

「それにしてもお奉行、松吉は、小三次の言うように正五郎を殺すでしょうか?」

「殺すだろう……」

勘兵衛は、小三次が松吉の本当の怖さを知って別れたと見る。小三次も凶悪だが、松吉はそれ以上に凶悪なのだろうと感じた。

白状した小三次の話には、そういうことが隠れていると思う。

中でも勘兵衛が気になったのは、お頭のような仕事をする頭はねえのさ、という言葉だ。二年も三年もかけて仕事を仕込むという頭がないということだ。

手っ取り早く押し込んで奪うというやり方で、場合によっては血に酔って、皆殺しなどという荒っぽいことをするということだ。

この頃、尾張の名古屋から少し離れた清洲《きよす》城下で事件が起きていた。

松吉一味四人が、仲間を増やして六人で、正五郎が前から使っていた隠れ家を襲った。

その時、正五郎は、弥吉を美濃の寺に使いに出して一人だった。

「お頭、隠し金を少し分けておくんなせい……」

松吉が五人の子分と正五郎の前に現れた。

「松吉、お前、何か勘違いしちゃいねえか、お前たちにたっぷり分け前を出して、金など残っちゃいねえ……」

「そんなことはないはずだ。あっしが子分になってからもずいぶん残ったはずだ。この目は節穴《ふしあな》じゃねえ、黙って渡してもらいてえ！」

「誰に口を利いているんだ。ふざけたことを言うんじゃねえ。太十《たじゅう》、伝吉《でんきち》、お前たちまで外道に堕《お》ちるつもりか……」

「うるせいッ、爺《じじい》！」

「やっちまえッ！」

「待て、やる時はおれがやる。手出しするな……」

松吉は蛇《へび》や蜥蜴《とかげ》の類《たぐい》で体温が低い。冷静で残忍な顔つきは薄気味悪い男だ。これまでは、正五郎に従順だったが、ここに来て豹変した。

「お頭、和助、弥吉、お香、孫のお鈴はどこに隠したんで。四人に隠し金を渡すつもりなら筋違いですぜ……」

「そんなものはねえと言ってるだろう！」

「その金はあっしらが稼《かせ》いだ金だ。返してもらおう」

「勘違いするんじゃねえぞ松吉、おめえの頭で稼いだ金など一銭もねえ、腐ったお前の頭からは糞《くそ》の匂いがするわ」

「なんだとッ！」

「おめえの頭じゃ、真《ま》っ当《とう》な盗人《ぬすっと》稼業はできねえと言ってるんだよ。三尺高いところにも上がれめえ……」

「そうですか、あっしに喧嘩を売って死ぬつもりですかい？」

心底冷たい男だ。温かい血は流れていないようだ。

「殺せるものなら殺してみやがれッ！」

「仕方ねえ、あっしが二代目を名乗らせてもらいますぜ……」

松吉が懐の匕首を抜いた。

正五郎が炉端に立ち上がると、大黒柱を背にして匕首を抜いた。

「年寄りはそんなものを振り回すんじゃねえ……」

松吉は正五郎の前に立って、舌《した》なめずりをし気味悪くにやりと笑う。二歩、三歩と松吉が間合いを詰める。

正五郎が匕首を振るって松吉の肩口を斬った。だが、痛みを感じないのかニッと笑って、体ごとぶつかってきて、正五郎の腹に匕首を深々と突き刺した。匕首の切っ先が大黒柱にまで達した。

「この野郎ッ！」

正五郎が刺し違えようとしたが、匕首を握った右手首を松吉がつかんだ。

「お頭、小太郎が地獄で待っているぜ……」

「野郎ッ！」

正五郎が松吉の左耳に噛《か》みついて千切《ちぎ》り取った。

「この爺ッ！」

松吉が突き刺した匕首をねじり上げる。正五郎が血みどろの松吉の耳をペッと吐き出す。正五郎の力はここまでだった。松吉が匕首を抜くと、大黒柱を背に崩れ落ちた。

「松吉ッ！」

「兄いッ！」

松吉が血だらけになって太十に支えられた。

「大丈夫だ……」

「大丈夫じゃねえッ、医者だ。医者に行こう！」

左耳が嚙み千切られている。

「どうだ。爺さんは死んだか？」

「ああ、死んだ。死んだよ！」

「よし、肩を貸せ……」

「歩けるか？」

「大丈夫だ……」

一味が正五郎の隠れ家からぞろぞろ出てきた。松吉は顔半分を布でぐるぐる巻きにしている。耳を嚙み切られるとは思ってもいなかった。

「おれの耳を嚙み切るとは、さすがにお頭だ……」

「そんなことを言ってる時じゃねえ、早く医者に見せないとまずいぞ！」

「藪《やぶ》医者か？」

「藪でも何んでもいい、兎《と》に角《かく》、手当てが先だ！」

その様子を、弥吉が林の中から見ていた。

弥吉は正五郎に頼まれて、美濃山県《やまがた》の東光寺《とうこうじ》へ三十両を寄進に行ってきた。

美濃の山県は、正五郎が生まれたところで、臨済宗《りんざいしゅう》妙心寺派《みょうしんじは》の山号《さんごう》富士山、寺号《じごう》東光寺には、正五郎の妻お勝《かつ》と、息子夫婦の小太郎とお千が眠っている。

美濃山県は、甲斐《かい》の武田信玄《たけだしんげん》の猛将、山県昌景《まさかげ》の一族が出たところだ。

「弥吉が戻ってくるはずだ。二人ばかり残って野郎を捕まえて来い……」

そう松吉が命じると、二人が隠れ家に戻り、大慌てで残りの松吉一味が医者を探しに走った。

「太十、お頭は間違いなく死んだな？」

「死んだ。間違いねえ、心配することはねえ……」

松吉は太十に支えられている。

それを見ていた弥吉に、松吉と太十の話は聞こえなかったが、既に正五郎が死んだと思った。

あんなに大勢で押し込まれては、どんなに戦っても正五郎に勝ち目はない。夜まで待って、隠れ家に忍び込めないかと思ったが、いつまで経《た》っても灯りが消えなかった。

「お頭、江戸へ行きます」

弥吉は泣き泣き懐から銭袋を出して、江戸までの路銀を確かめる。

第七章　銀《ぎん》座《ざ》

その頃、お信と逃げたお香は、お民《たみ》の蕎麦餅《そばもち》屋に一旦隠れた。だが、危険だと感じたお信は別の場所に移した。

お香の行方を和助は知らない。

小三次一味が北町奉行所に捕まったと長兵衛から聞いて、その朝、潮見坂の百姓家を出て動き出した。一味に見つかることを警戒してそれまでは閉じこもっていた。

和助が向かったのは上野のお繁の茶屋で、正五郎と飲んだお信のことを聞き、お民の蕎麦餅屋に向かった。

頬っかぶりをした百姓老人に変装して和助が現れる。

「御免なさいよ……」

「いらっしゃいましッ！」

元気のいいお信が対応した。

「焼き餅二つと茶をくださいな……」

「はい、すぐお持ちいたします」

店にはもう一人の客がいた。和助が警戒する。この時既に、お信は只《ただ》の百姓老人ではないと気づいている。

お民は、益蔵《ますぞう》と一緒になったお千代《ちよ》が浅草《あさくさ》に行ってしまったので、正蔵《しょうぞう》と相談して十四になったばかりのお鶴《つる》という娘を使っている。

「お鶴ちゃん、これをお客さまに出してくれる?」

「はーい……」

お鶴が和助に蕎麦餅と茶を持って行った。

「娘さん、この店にお信さんという人はいますかね?」

「はい……」

もう一人の客が銭を払って出て行った。

「ちょっと、呼んでもらえないかね?」

「はい、どちらさまで……」

「あるお方の使いできたのだ……」

それを聞いていたお信が「あたしですが……」と和助の前に立った。

「お前さんがお信さん？」

「はい、どちらさまでしょうか？」

「これは御免なさい。正五郎さんの使いでまいりました和助と申します。お香に会いたいのですが？」

「和助さんのお名前は聞いております」

「そうですか……」

「お民さん、二階を使います」

「どうぞ……」

お信が和助を二階の部屋に案内した。お鶴が蕎麦餅と茶を二階に運んできた。

お信は和助の名をお香から聞いていたが、警戒している。

「お香さんはここにはおりません。正五郎さんに言われて誰にもわからないところに匿《かくま》いました……」

「そうですか、助かりました。お香を探している一味は、数日前に北町奉行所に捕まりました」

「それではもう狙われていないのですか？」

「いや、探しているのはもう一組おります。今はまだ出てくるのは危ないと思います。もうしばらく、お信さんに預かっていただきたいと思います」

「いいですけど……」

「ご厄介をおかけいたします」

和助が布に包んだ小判を出した。

「ここに百両あります。お香に渡すよう、お頭から預かりました」

「そうですか、正五郎さんからですか、わかりました。間違いなくお香さんにお渡しいたします」

「これは、お信さんにお礼でございます。少なく、まことに恥ずかしいのですが……」

紙に包んだ小判をお信の前に置いた。

「和助さん、そんなことはしないでください。正五郎さんと酒を飲んだだけですから……」

「聞いております。お頭はずいぶん楽しかったようです。お受け取りいただかないと困りますので……」

「正五郎さんは今、どちらへ？」

「名古屋です」

「そうですか、それで江戸へは？」

「もう、お頭が江戸へ出てくることはないと思います」

お信は正五郎たちに何があったかは知らない。ただ、奉行所に正五郎の正体を知られたことはわかる。正五郎はお香を頼むと言って、お信に正体を明らかにした。

もと女賊のお信はそんなことでは驚かない。

「本宮の旦那をご存じですか？」

「はい、時々お会いしております」

「そうでしたか……」

お信は和助を信用した。

「遠慮なくお預かりいたします」

「どうぞ、それに一つだけお香へ言付《ことづ》けを頼みます。松吉に気をつけるようにとお願いいたします」

「松吉に気をつけろ？」

「それだけでお香にはわかりますから……」

話が終わると和助は冷たくなった蕎麦餅を、お鶴に温め直してもらい、懐に入れて店を出た。

「お民さん、ちょっと神田まで行ってきます」

「いいですよ……」

お信は、お香を神田の庄兵衛《しょうべえ》長屋のお駒《こま》に預けていた。お香が出歩かない限り、誰にも分からない安全な場所だ。

和助は潮見坂に向かい、お信は神田に向かった。

巳《み》の刻（午前九時〜十一時頃）、勘兵衛が登城すると、土井利勝に呼ばれた。

部屋には土井利勝の他に、酒井《さかい》忠世《ただよ》と安藤重信、青山忠俊《あおやまただとし》の四老中が渋い顔で座っていた。

これまでにない嫌な雰囲気だ。

「町奉行に少々聞きたいことがある」

土井利勝が口を開いた。

「ここだけの話にしてもらいたい」

「畏《かしこ》まりました」

「実は、銀座から銀二百貫が消えたのだ」

「二百貫？」

「どこに消えたのかわからない。銀二百貫は四千両ほどだから大きな痛手ではないが、幕府の銀座から消えたとなると権威にかかわる」

「はい、賊は外からの侵入でしょうか？」

「それがわからないのだ。何か巷《ちまた》で噂されていないか調べてもらいたい」

「承知いたしました」

勘兵衛は、銀座を破るような盗賊のことは知らない。

この頃、銀は五十匁《もんめ》前後で一両と換算されていた。

貨幣《かへい》は金貨、銀貨、銭貨の三貨で成り立っていたが、金貨は一両が四分、十六朱、六十四糸目《いとめ》と定められている。だが、銀は秤量貨幣《しょうりょう》で、丁銀《ちょうぎん》も豆板銀《まめいたぎん》も秤《はかり》で量《はか》って使うため、日々その交換率が変わっていた。

一両が五十匁前後と決まっていただけだ。銭貨では四千文だった。やがて一両が六十匁へと移っていくことになる。

慶長《けいちょう》十七年（一六一二）に、家康は駿府から銀座を移転させ、江戸の京橋から南四町に銀座を設置した。慶長丁銀、豆板銀などの銀貨は秤量貨幣で、重さを量って価値を決めた。

日本の金山銀山からは、莫大《ばくだい》な量の銀を産出した。だが、その銀の多くは、海外に流出してしまう。

そのため慶長丁銀は、地方まで行き渡らなかった。

金座《きんざ》は江戸の本石町《ほんこくちょう》に置かれていたが、銀座ができて新両替町《しんりょうがえ》と呼ばれると、金座の方は本《ほん》両替町と称するようになる。

金座は駿府城下、京、佐渡《さど》金山、甲府《こうふ》などに置かれた。

一方、銀座は伏見《ふしみ》銀座、京都銀座、大阪銀座、駿府銀座、金沢《かなざわ》銀座、京橋銀座、長崎《ながさき》銀座、後年には日本橋蛎殻《かきがら》銀座など、各地に置かれた。

寛政《かんせい》十二年（一八〇〇）に京橋銀座が移転、跡地には武家の屋敷などが建つことになる。これを上知令《あげちれい》という。

オランダ貿易商が、莫大な量の慶長銀を明《みん》に輸出した。

日本の灰《はい》吹《ふ》き銀は良質で、世界の人々が欲しがった。日本の銀は、世界で流通する銀の三分の一を賄《まかな》ったとされる。

石見《いわみ》銀山などから大量に輸出された。

三十歳を迎えられれば長寿というほど、石見銀山では過酷な銀採掘がおこなわれた。灰吹き銀を生産すると、鉛毒《えんどく》で次々と人が死んだ。

関東は金経済、上方は銀経済と言われたが、関東でも大量に銀が使われた。江戸の銀座で働く人たちは不正防止のため、一年ごとに京の銀座から勤番交代が行われ、厳重に管理されていて、二百貫もの銀が消えるなど考えられない。銀座では丁銀と豆板銀を鋳造《ちゆうぞう》した。

勘兵衛は不思議なことが起きるものだと、王子権現《おうじごんげん》の狐に化《ば》かされたような気分だ。外部から入ったとは思えないが、内部で二百貫もの銀が消えるはずがない。

老中が言うように、幕府の権威の問題だ。

銀座が破られたとなると、幕府が大恥をかくことになる。

老中の言葉には、この事件を公《おおやけ》にしたくないという苦慮《くりよ》が滲《にじ》み出ていた。その考えは勘兵衛も同じだ。

幕府の権威に傷がつくようなことがあってはならない。

勘兵衛は、密《ひそ》かに宇三郎と藤九郎に文左衛門の三人を呼んだ。

「実は三人に頼みたいことがある。口外不要だ……」

信頼する内与力の三人だが念を押す。

「今朝の城中で老中から話があったのだが、銀座から丁銀二百貫が消えたというのだ……」

話を聞いている三人は、信じられない顔だ。

まさか銀座が破られるなど前代未聞《ぜんだいみもん》、金座銀座の警戒は戦場と同じで、そこが破られるなど聞いたこともなければ信じることもできない。

「外部から侵入したのか、内部の者が持ち出したのか、まるで手掛かりのない不思議な事件なのだ。二百貫は四千両ほどだから消えても痛くはないが、事件が事実なら幕府の威信《いしん》、権威に傷がつくことになる。それが問題なのだ。わかるな？」

「はい、とんでもないことにございます」

宇三郎が答える。

「同心たちには頼めない探索だ。お前たち三人で密かに調べてもらいたい」

「承知いたしました」

「外からの賊だとすれば、奪ったことを公にしないのもおかしい。不思議なことだらけだ。何があるかわからない事件だから、事の次第がわかるまで隠密《おんみつ》に頼む
……」

「畏まりました！」

三人は長屋に戻ると変装に取りかかった。尾羽打《おはう》ち枯《か》らした浪人に化ける。それを嫌がったのはお滝だ。

こういう仕事は、盛り場や吉原のようなところに出入りするのを、お滝は知っていて、文左衛門がそういうところに行くのが耐えられない。

鬼屋《おにや》の娘だったお滝は、そういうところがどんなところか知っている。武家育ちで何も知らないお志乃やお登勢とは違う。

「文左衛門さま、お酒を多く召《め》し上がっては駄目です。吉原のようなところにお泊まりになっては嫌でございますから……」

支度をしながらブツブツと文左衛門に注文をつける。

「お滝、心配するな。わしはお前だけが好きなのだ。そういうところには足を踏み入れぬ……」

「本当に嫌なんですから……」

「わかっている」

文左衛門がお滝を抱き寄せる。それだけでお滝は大満足だ。その次には、文左衛門のみすぼらしい浪人姿を見て涙ぐむのだ。

「こんなひどい恰好《かっこう》で……」

「隠密だからこれでいいのだ。行ってくる」

三人が奉行所を出ると、門番が驚いて深々とお辞儀《じぎ》をした。内与力が変装して出かければ、何か重大な探索だとわかる。

半左衛門も三人に気づいたが何も言わない。

内与力だけの仕事は米津家の問題かもしれず、半左衛門の口出しすることではない。そこは互いにわきまえていて不干渉である。

「難しい仕事だな……」

「お奉行から話があった時は驚いた。信じられなかった」

「前代未聞、ご老中方も頭の痛いことで……」

「割れるほど痛いだろう」

三人は歩きながら周囲に気を配る。

「まず、宿場から聞き込みをするか？」

宇三郎は、宿場に集まる噂から集めようと考えた。

「そうしよう。わしは品川宿に行ってみよう」

藤九郎が東海道方面に向かう。

「それがしは内藤新宿《ないとうしんじゅく》にします」

文左衛門は甲州街道《こうしゅうかいどう》方面に向かう。

「それでは、わしは板橋宿《いたばししゅく》に行こう。千住宿《せんじゅ》は後回しだな。明後日の昼頃、浅草の二代目のところに集まって、千住宿に行くことにしよう」

「承知！」

三人は呉服橋御門から三方向に別れた。雲をつかむような話で、三人の勘だけが頼りのような探索だ。

藤九郎は品川宿に入ると、三五郎から聞いていた寿々屋に入った。藤九郎を親《おや》父《じ》は知らないが、藤九郎は何度か見かけたことがある。

「いらっしゃいまし……」

挨拶に出てきたのは小豆だった。

「うむ、夕餉《ゆうげ》に酒はいらぬ。親父に来てもらってくれ……」

「はい、承知いたしました」

「名前だけ聞いておこうか？」

「小豆です」

「小豆、いい名前だ」

「ありがとうございます」

居合の達人青木藤九郎が、こういう上手《じょうず》をいうことは滅多にない。

「早めに、夕餉を持ってまいります」

「頼む……」

寿々屋に客が入るには、あと一刻（約二時間）ほどの猶予《ゆうよ》がある。

「御免なさいよ」

「入れ！」

親父が戸を開けて廊下に座った。

「そこでは遠い。中に入って戸を締めろ……」

「はい……」

膝で滑って、親父が部屋の中に入って戸を閉めた。

「親父、今日と明日、二泊する」

「ありがとうございます」

「ところで親父、おもしろい話はないか？」

「といいますと？」

「その筋の話だ」

「泥棒で？」

「声が大きいぞ……」

「これは失礼をいたしました。そういう話は滅多にありませんで……」

「近頃、聞いていないか？」

「まったくございませんです」

親父は襤褸《ぼろ》の浪人を警戒した。

「これには、いささか自信があるぞ。これまで十人ぐらいは斬った」

「十人も、それは大変なやっとうで……」

「そんな仕事はないか？」

藤九郎がにらむと、親父が身を引いて怖がる。人を十人も斬った浪人は相当に凶悪だ。

「お武家さま、心当たりを二、三当たってみますので……」

「頼む……」

親父が逃げるように部屋を出ていった。しばらくすると、小豆が夕餉を運んできた。

「小豆、夕餉が済んだら少し宿場を歩いてみたい。おもしろいところはあるか？」

「女ですか？」

「女もいいが、こういうのはないか？」

「博打《ばくち》ですか。お武家さま、止めておいた方がいいですよ。身ぐるみはがされると言いますから、この辺りは馬方《うまかた》が多いので荒っぽいそうです……」

「そうか……」

「どこでやっているかは親父さんが知っています」

「わかった」

藤九郎はそういうところなら、怪しげな話が屯《たむろ》しているだろうと思う。

人は賭け事《かごと》が好きなようで、賭博《とばく》の歴史は古い。

持統天皇《じとうてんのう》三年（六八九）に双六《すごろく》禁止令が出て以来、この国では賭博と言われる賭け事は悪とされ、その処罰は厳しかった。

許可されたことはない。

密かに隠れてやるのが賭博であり博打ともいう。

博という字は双六のような賽子《さいころ》を使う遊びをいい、打は賭け事のことをいう。

ばくうちがばくちとなった。

この賽子遊びが江戸期に大流行する。絵《え》双六と盤《ばん》双六である。

博打の好きな者はいつの時代にもいるもので、銭の裏表に賭けるものから、囲《い》碁《ご》の勝ち負けに賭けたり、賽子の丁半《ちょうはん》で勝負を決するものまで幅広い。

この頃、わずかだが賭場《とば》というものができ始めていた。

いつでもできる常盆《じょうぼん》ではなく、一日と六日というように約束の日を決めて開《かい》帳《ちょう》していた。それがやがて、寺や武家屋敷の中間《ちゅうげん》部屋などで密かに行われるようになる。

藤九郎が賭場に目をつけたのは良かったが、開帳の日ではない。

「小豆、ちょっと行ってくる」

「お早いお帰りを……」

夕刻、寿々屋を出た藤九郎は宿場の目黒川《めぐろがわ》を越えて北の方に歩き出した。水茶屋という掛茶屋も多く、旅籠だけでなく岡場所《おかばしょ》といわれる遊郭もできていた。

吉原のような立派な遊郭ではない。

「お武家さま、ちょっと寄って行きなさいよ……」

「極楽だよ旦那、ちょっとだけ寄っておくんなさいな？」

「女……」

「寄って行くかい旦那？」

「お足がないんだ。お前を抱く前に銭になる話はないか？」

「銭がないのか？」

「文無しだ」

「旦那、文無しでこんなところをうろつくと危ないよ」

「何か仕事はないか？」

「強そうだが、こんなところにお武家さまの仕事なんてありゃしませんよ」

「そうか、やはりないか……」

「本当に文無しなのかい。どこに泊まっているのさ？」

「寿々屋だ」

「寿々屋ならそこそこじゃないか。あそこには小豆っていうのがいるんだ。いい女だよ。折角だ、あたしらのような出がらしじゃなくて、若い小豆を抱けばいいじゃないか、話の持って行きようだから、こういうことは……」

「なるほどな……」

藤九郎は亥《い》の刻（午後九時～一一時頃）まで品川宿をうろついて、寿々屋に戻ってきた。

その頃、内藤新宿に行った文左衛門は、旅籠《はたご》に泊まらず奉行所に向かった。

文左衛門の妻お滝は、夫が帰ってこないのを心配して起きていた。

「きっとどこかに泊まるんだ。殺してやる……」

隣のお志乃とお登勢は灯りを消して寝てしまった。お滝は眠れない。

その頃、内藤新宿から番町《ばんちょう》まで戻ったところで、辻斬《つじぎ》りに襲われていた。警戒していた文左衛門は辻斬りの一撃をかわし、抜き打ちで応戦すると、右胴から横一文字に抜いて倒した。

「馬鹿《ばか》な奴《やつ》だ……」

倒れた男の顔だけを確かめて、遺骸《いがい》をそのままに呉服橋御門まで走った。

「番町で辻斬りを斬った」

文左衛門は、宿直同心の松野喜平次と、門番二人を連れて引き返したが、既に辻斬りの遺骸は消えていた。

文左衛門を斬ろうとして返り討ちにされたのだ。

「どこにも見当たりません。この先の道端に血の跡が残っていました。誰かが土をかけて痕跡《こんせき》を消そうとしたようです」

「遺体は引き取って行ったのだろう」

「このところ、辻斬りは出なかったのですが……」

「また、愚かなことが流行るのではないか?」

「そうかもしれません……」

「困ったものだ」

「ところで彦野さま、その恰好は?」

「これは、隠密のことだ。聞くな……」

「はい……」

文左衛門と喜平次が、話しながら急いで奉行所に戻った。子《ね》の刻(午後一一時～午前一時頃)になっていた。

お滝は文左衛門を信じて起きていた。

「今、帰ったぞ……」

「はいッ!」

お滝が手燭《てしょく》を持って玄関に出てくる。うれしそうな顔だ。

「寝ていればいいのに……」

「心配で眠れないから……」

「そうか、内藤新宿から戻ってきた」

「まあ、お泊まりになればよかったのに……」

「そうか……」

「いえ、嫌でございます」

その時、お滝は、文左衛門の袴《はかま》にべったりと血がついているのに気づいた。

「文左衛門さま……」

「なんだ?」

「袴に血、血が……」

「これか、これはさっき番町で辻斬りを斬ったからだ」

「辻斬り?」

「気にするな。それより湯に入りたい」

「はい……」

平気に辻斬りを斬ってきたという文左衛門が不思議だ。武家は人を斬るのを平気なのだとわかっているが怖い。

湯に入ってさっぱりした文左衛門が、人を斬った興奮からかお滝を激しく抱いた。

第八章　お葉《よう》の愛

尾張の清洲から逃げた弥吉が、フラフラになって甘酒ろくごうの店先にたどり着いた。

「いらっしゃい……」

小春が声をかける。

「甘酒を一つください……」

「お疲れのようですが、上方からですか？」

「名古屋だ……」

「まあ、今日は品川宿にお泊まりで？」

「間《ま》もなく陽《ひ》が暮れそうだ。泊まった方がいいな……」

「それでしたら寿々屋さんがいいです」

「寿々屋？」

「ええ……」

弥吉は急ぎに急いで尾張を離れた。松吉一味に追われないためだ。

正五郎の死を和助に伝えなければならない。凶悪化した松吉が、江戸に現れると考えられるからだ。

小春の甘酒屋で一息《ひといき》ついた弥吉は、品川宿まで来て勧《すす》められた寿々屋に上がった。

その頃、寿々屋に三五郎が顔を出していた。

小豆を抱きに来たのだ。

「三五郎、昨日から変な浪人が泊まっているんだ」

「変な浪人？」

「裏の浜で剣を抜いている。気をつけろ！」

「見てくるか？」

「危ないぞ、近寄るな。凄《すご》い殺気だから……」

三五郎が寿々屋の裏口から砂浜に出た。そこには海を向いて正座している浪人が一人、瞬間、太刀《たち》を抜くと片膝《ひざ》を立てて袈裟《けさ》に斬り上げた。

その浪人が向きを変えた時に、三五郎が腰を抜かしたように砂浜に座り込んだ。

「あ、青木さま……」

藤九郎がじろりと三五郎をにらんだ。

「隠密だ。近寄るな！」

「へい……」

「かかってこい！」

「はッ！」

三五郎が立ち上がると、懐《ふところ》から鉄の棒を出し、それを振り上げると藤九郎に襲い掛かって行った。

一瞬にして藤九郎の剣が三五郎の胴に入った。

「ゲッ！」

三五郎が顔から砂に突っ込んだ。

「き、斬られた！」

見ていた親父が裏口で腰を抜かした。

「親父、峰打《みねう》ちだ。まだ生きている。介抱《かいほう》してやれ……」

藤九郎は刀を鞘《さや》に納めると、裏口から入ってきて二階に上がって行った。

「三五郎ッ、大丈夫かッ！」

「やられた……」

「小豆！」

親父が小豆を呼んだ。

「立てるか、ゆっくりでいい、歩けるか？」

「どうしたの？」

「あの二階の浪人に斬られたんだ……」

「まあ、ひどい。大丈夫、どこ斬られたの？」

「腹だ……」

「腹？」

小豆が三五郎の腹のあたりを見る。

「血が出てないよ？」

「血が出たら死ぬだろ……」

「小豆、峰打ちで斬られたんだ。あの野郎に……」

「まあ、痛かった？」

「うん、今日は帰る……」

「少し休んでいけば？」

「大丈夫だ……」

三五郎は藤九郎が手加減してくれたことをわかっている。隠密調べだ。役人だとわかると具合が悪いのだろうと咄嗟《とっさ》に思った。

三五郎は、わけも言わずにすごすごと寿々屋から出た。

藤九郎に夕餉を持って行くと、小豆が怒った。

「どうしてあの人を斬ったのですか、ひどいじゃありませんか？」

小豆も気が強い。

「あの男はお前のなんだ。むきになって？」

「あたしのいい人です」

「亭主か？」

「亭主じゃないけど……」

「あの男は懐に武器を持っていた。役人の手先だな。違うか？」

藤九郎に言われて小豆が沈黙した。

「役人の手先を殺すとうるさいから殺さなかった。少し痛いだけだ。なめてやれば治る」

「まあ、犬みたいに……」

「ああ、犬は何《な》んでもなめて治すのだ」

「ブッ、ひどい人……」

「そうか、小豆のいい人か、あいつを大事にしてやれ……」

藤九郎がじろりと小豆を見た。

そんな騒ぎを聞きながら、寿々屋に泊まる弥吉が夕餉を取っていた。

「あのご浪人さんは、どんなお方だい？」

弥吉が小豆の同輩の飯盛《めしも》りに聞いた。

「昨日から泊まってんですが怖いお武家さまで、この旅籠の主人に仕事はないかと、宿賃を持っているのかどうか怪しいのです。お客さん、あんな人にはかかわらねえほうがようございますよ……」

女が顔の前で手を振ってよしなさいという。

「そうかい。お酒を二本ばかりもらえますかね？」

「うちは二合徳利《どつくり》ですが？」

「ええ、それで結構です」

夕餉が終わると、弥吉は徳利二本を下げて藤九郎の部屋に現れた。

「御免《ごめん》くださいやし……」

「おう、中に入れ！」

「へい、御免なすって……」

「お前は誰だ？」

「へえ、弥吉と申します。お武家さまとお近づきになりたいと思いまして、お休みのところ失礼とは思いましたが、こんなものをぶら下げて伺《うかが》いやした……」

「酒か、嫌いではないが、銭《ぜに》がないので飲まない」

「それでは、お近づきに一献《いっこん》？」

「遠慮なくもらおうか」

藤九郎はおかしな男だと思ったが、弥吉の差し出した盃《さかずき》を取った。そこに酒が注《つ》がれるとクイッと飲んだ。

「先ほど窓から海を見ていましたら、なかなか結構なものが目に入りまして、滅《めっ》多《た》に見かけないお方ではないかと思いました」

「見たか、わしは相当に強いぞ」

言った瞬間、藤九郎は刀を握《にぎ》ると同時に抜いた。居合とは居ながらにして敵を迎え撃つことだ。

藤九郎の刀が、弥吉の目の前を通って燭台《しょくだい》の蠟燭《ろうそく》を斬り飛ばした。その飛び跳ねた蠟燭を藤九郎は刀身で受け止めた。火は消えることなく刀の上で灯《とも》ってい
る。

その蠟燭が燭台に戻された。

斬撃《ざんげき》の凄《すさ》まじさに、弥吉は震え上がった。

「おお見事。その腕を二十両で買いましょう！」

弥吉がすぐ懐から十両を出して、藤九郎の前に置いた。

「前金の十両でございます」

「承知した」

藤九郎は十両を握ると懐に入れた。

「仕事のことは聞きませんので？」

「ああ、聞かなくてもわかる。酒だ」

盃を弥吉に差し出して酌《しゃく》をさせる。

「二十両ということは何人斬ればいい。三人か五人か？」

「お武家さまは察しが早い。実は、あるお方の警護をお願いしたいので……」

「その奴が襲われたら、襲った奴らを斬れというのだな？」

「さようで、今のところ四人ですが、一人増えましたら五両追加させていただきます。そ奴らは盗賊で、浪人は入っておりません」

「匕首《あいくち》か？」

「へい、さようでございます」

「十人斬ったら五十両だな？」

「間違いなく、五十両差し上げます」

「いい仕事だ。二十人までならこの刀で斬れる。百両だな？」

「結構でございます」

「どこに行けばいい？」

藤九郎が、百両出してもいいという弥吉をじろりとにらんだ。

「お武家さまは、根津権現をご存じで？」

「うむ、上野の先だと聞いたことがある。そこか？」

「へえ、その根津権現まで、明々後日《しあさって》の夜、戌《いぬ》の刻（午後七時～九時頃）においでいただきたいのですが？」

「明々後日の夜、戌の刻、承知した」

「お待ちしております」

弥吉が藤九郎の部屋に、徳利を置きっぱなしにして出て行くと、入れ替わりに小豆が入ってきた。

「あれ、徳利が二本も？」

「ああ、向こうの客が振る舞ってくれた。小豆、この小判を、さっきわしが斬った役人の手先の男に渡してくれ。痛い思いをしたはずだ」

「さ、三両も……」

「足りないか？」

「足りなくなんかありませんよ。お武家さまは貧乏そうだが金持ちなんだ」

「そういうことだ。仕事が決《ま》まった前金だ。小豆、お前にも一両やろう」

「旦那《だんな》、そんな大盤振《おおばんぶ》る舞いなんかしていいの、すぐ、ご飯を食べられなくなるんだから……」

「小豆、武士に二言《にごん》はないということを知っているか？」

「知っているけど、本当にいいの？」

「取っておけ、そのかわり酌をしていけ……」

「いいですよ。朝まで酌をしましょうか？」

「いいね、小豆、お前はいい女だ。さっきの役人の手先のような男に騙《だま》されちゃいかん」

「お武家さま、わかります？」

小豆が一両で藤九郎を信用し始めた。

「わかる、あの男には女房がいるな？」

「そうなんです。お武家さまはわかるんだね、聞いてくれる？」

「ああ、聞いてやる。その前に一杯やれ……」

「一杯だけだよ……」

「それであの男はなんというのだ？」

「三五郎、お武家さまの言う通り、奉行所の手先なんだあの野郎は……」

「どんな女房だ？」

「それが、あいつには勿体《もったい》ないほどいい女なんだ」

「お前、勝てないのか？」

「勝てないよ。ここで働いていたんだ」

「勝てないか、それは大問題だな……」

「あの野郎があたいを手籠《てご》めにしたんだ」

「手籠め？」

「うん、手籠めみたいにして抱いたのさ……」

「怪《け》しからんやつだな。三五郎を斬るか?」

「えッ!」

小豆が盃を持ったままひっくり返りそうになった。

「旦那、それはひどいよ、斬るのは……」

「お前を騙した男だぞ」

「それでも……」

一杯が二杯、二杯が三杯と飲んで、小豆が一人で徳利を空《から》にした。そこに同輩の女が見に来て「すぐ酔っちゃうんだから小豆ちゃんは……」と引きずって廊下に出した。

「お武家さま、どういたします。あたし空《あ》いているんですけど……」

女が藤九郎を誘う。

「ありがとう、今日はそういう気分ではないんだ。ちょっと一刻(約二時間)ばかり出てくる」

「そう、行ってらっしゃい……」

藤九郎に断られて女は仏頂面《ぶっちょうづら》だ。廊下には酔いつぶれた小豆がだらしなく転がっている。

「いい男なんだが、ああ銭がないんじゃ女も抱けないか……」

女はブツブツ言いながら、膳を片付けて寝具を引きずり出した。

寿々屋を出た藤九郎は、昨日の岡場所に向かった。売れない遊女たちが暇《ひま》そうに屯《たむろ》している。

「昨日の旦那、まだこんなところをウロウロしているんですか？」

「おう、お前か、酒でも飲むか？」

「へえ、仕事にありつけたのかい？」

「そんなところだ。上等な酒のある店を知らないか？」

「この辺りにゃ、上等な酒なんざあねえよ旦那。あッ、そうでもねえか一軒だけある。そのかわり値段が高いよ、いいのかい？」

「いい女と飲むんだ。いくらでもいいさ……」

「かッ、うれしいこと言うね旦那、いい男だ。今夜はただでも旦那と寝る。決めた。行こう」

女が藤九郎の袖《そで》を引いて岡場所の奥に向かった。もう一、二軒で裏に突き抜けようという路地の傾《かたむ》いた店がそこだった。

「お葉《よう》さん、いい酒飲ませておくんなさいな……」

「お富《とみ》さん……」

「この旦那は女より酒なんだ。口が肥《こ》えてるよ、きっと……」

「いらっしゃい」

お葉はこの辺《あた》りでは不愛想《ぶあいそう》で嫌われ者だが、お富のような女たちには優しくて好かれている。

「世話になる。少し大きめの盃はあるか？」

「茶碗で……」

「結構だ。まず一升くれるか……」

藤九郎はお富の茶碗に並々と酒を注いだ。

「一気に飲んでみろ、いい女っぷりを見せてくれるかい？」

「旦那、旦那は女を泣かせる手を知っていなさる。憎《にく》いねえお葉さん……」

「ええ……」

お葉が黙って藤九郎の茶碗に酒を注いだ。お葉は客に酌などしない女だ。不思議そうにお富がお葉を見る。

「旦那、馳走《ちそう》になるよ」

「わしも飲もう」

二人がゴクゴクと一気に飲み干した。お富がフーッとため息を吐いた。

「か、体が燃えるようだ！」

「美味《うま》い。これは下り酒の上物だ。おそらく伏見だな。お葉も飲め……」

お葉の店で伏見の酒だと当てたのは藤九郎が初めてだ。不愛想なお葉が、ニッと微笑《ほほえ》んで小さな盃を藤九郎に差し出した。

「ずいぶん小さいな？」

「あたしはこれで……」

お葉が客の酒を飲むのも初めてだ。澄《す》んだ目が藤九郎を見ている。美しい目だと藤九郎は思った。二人の心が交差した瞬間だ。

「お富、もう一杯いこうか？」

「旦那、あたしは蟒蛇《うわばみ》ですよ……」

「蟒蛇でも蝮《まむし》でもなんでもいい、兎《と》に角《かく》、飲め！」

「旦那を抱けなくなりますよ……」

「おれが抱いてやる。飲め！」

「うれしいんだから、この旦那と心中《しんじゅう》したいよあたしゃ……」

お富が茶碗に満たされた酒を口で迎えに行って、チュチュッと啜《すす》ってからゴクゴクと一気に飲み干した。

「美味い、お葉さんの酒は天下一品だ。いい気分だ。極楽《ごくらく》だあ……」

「お富、寝るなよ」

藤九郎がお富の茶碗と自分の茶碗を酒で満たし、お葉の小さな盃にも酒を注いで顔を見ると、小さくうなずいてお葉が盃を持って少しなめた。

「お葉さん、旦那に惚《ほ》れたんだ……」

「お富さん……」

「顔に書いてあるもの……」

茶碗の縁でチュチュッと啜ってから三杯目をゴクゴクと飲んだ。蟒蛇が四杯目を飲み、五杯目を飲んで目が定まらなくなった。

大きめの茶碗には二合ほど入る。お富は一升ほど飲んだことになる。さすがに呂律《ろれつ》が回らなくなり、土間に転がり落ちそうになった。

「お葉、やろうか……」

「はい……」

「わしにもその盃をくれ……」

「うん、ご返杯……」

酒が入って不愛想なお葉も機嫌がよさそうだ。酔うほどに頰《ほお》や首筋が紅《くれない》に染まって、何んと美しい女かと藤九郎は思った。岡場所の泥水の中に咲いた一輪の花だ。

「あまり飲まないのか？」

「うん、こんなところだから、何があるかわからないし……」

「なるほどな……」

「旦那のような人はこんなところにきちゃいけないんだ……」

「お富にもそう言われた」

「昨日もきたんでしょ？」

お葉がチラッと藤九郎を見て盃に酒を注いだ。

「知っているのか？」

「こんなところではすぐ噂《うわさ》になるから、仕事を探してるって？」

「そうか、地獄耳《じごくみみ》っていうやつだな」

「そう……」

小さな盃が、お葉に行ったり藤九郎に行ったり、静かな店で一人忙しく働いている。二人はしんみりといい雰囲気《ふんいき》になってきた。

お富が小さな寝息で気持ちよさそうだ。

二人は互いのことを何も聞かない。盃だけが忙しい。店の灯《ひ》が暗く、岡場所の端にあって喧騒《けんそう》がまったく聞こえない店だ。二人だけの夜が更《ふ》けていった。客は来ない。

お葉の店は客が一人あればいい、二人くれば上々吉《じょうじょうきち》なのだ。

「泊まって行く？」

「いいのか？」

「うん……」

お葉は客を取らない。女たちに部屋を貸すことが偶《たま》にある程度だ。

「こっちに来て……」

店の灯《あか》りを落として、藤九郎の手を引き、奥の部屋に行った。お葉が寝起きしている小さな部屋で、白粉《おしろい》の匂いがした。

お葉が酒を飲んだのも十年ぶりぐらいで、男を泊めるのはそれ以上になる。遠い昔の思い出だ。お葉は久しぶりの少しばかりの酒に、わずかに酔いを感じている。

真夜中、カタッと音がした。

「お富さん……」

お葉が小さく微笑んだ。お富が出て行ったと言い、お葉が藤九郎の首にすがりついた。男女の相寄る魂《たましい》が、岡場所の泥水の中で溶け合う。

翌朝、お葉が先に目を覚ました。

愛《いと》おしそうに、いつまでも藤九郎の顔を見ていた。

「くすぐったいぞ。誰だお前は……」

「忘れたのか、薄情者……」

「お葉か、来い……」

藤九郎がお葉を下に組み敷いた。

「別れるのがつらくなるから……」

泣きそうなお葉の顔だ。

「そうか……」

「返したくない……」

お葉が藤九郎の首にすがりついた。二人は朝から別れがたいことになった。

人は大きな運命に翻弄《ほんろう》される時、その予感を鮮明に感じることがある。

「お葉……」

「藤九郎さま……」

別れがつらくなることをわかっていながら、溶け合った魂は離れようとしない。それが愛なのだ。人を愛することは苦しいことを覚悟することでもある。

お葉が手伝って支度ができると、藤九郎が店から出た。すると狭いどぶ板の路地に男たちが四人立っている。

「三一《さんぴん》、てめえ、お葉の店に泊まりやがったなッ？」

「それがどうした？」

「どうしただとこの野郎、お葉はうちの親分の女だッ！」

「そんなことは聞かなかったな。昨夜からお葉はわしの女になった」

「なんだと、この野郎ッ、ぬけぬけとッ！」

「親分、やっちゃいやしょう！」

若い男が後ろを振り向いた。少し太ったのが親分だ。

「お前が親分か、話がある。中に入れ……」

「おのれッ！」

「その首を刎《は》ねられたいか、引っ込んでな小僧！」

藤九郎が凄《すご》んだ。

その迫力に子分が後ろに下がる。

「親分、入れ……」

藤九郎に促《うなが》されて親分がお葉の店に入った。黙っているがなかなかの貫禄《かんろく》だ。

お葉が驚いて見ている。

「お葉、お前はわしの女でいいな？」

藤九郎が聞くと、お葉がコクッとうなずいた。

「そういうことだ親分、お葉はもらった」

藤九郎が親分の耳にこそっとつぶやいた。

「誰にも言うな。わしは北町奉行所の隠密廻《まわ》りだ」

親分がぎょっとして藤九郎から離れた。

「お葉に手を出すと、その首が胴から離れる。わかったか！」

その瞬間、腰が沈んで藤九郎の刀が鞘走った。袈裟に斬り上げると親分の帯が斬られ、バラッと落ちて腹が丸出しになった。

その腹に薄く刃の通った筋《すじ》がついている。

「血、血だ！」

恐怖で顔が引きつっている。その親分の耳に「三五郎に挨拶しておけ、わかったな」と、つぶやいた。お葉には聞こえていない。

「へいッ、承知いたしやした。な、何んでも言うことを聞きやすのでご勘弁をッ……」

斬られた帯を拾うと、親分が外に飛び出して行った。

お葉が座敷から下りてきて、その顚末《てんまつ》を見ている。

「お葉、あいつは二度とここには手を出さない」

「うん……」

藤九郎が照れるようにニッと笑う。藤九郎の凄まじい居合の剣さばきを見て、震えているお葉を引き寄せて抱きしめた。

「もう、心配ない……」

「また、来てくれる？」

お葉は藤九郎とは一夜限りと心で思っていた。男と女が深入りすれば悲しいことになる。後腐れのない一夜限りがいい、そんなことはわかっている。だが、お葉は藤九郎に惚れてしまった。

「いいのか？」

「うん、毎日、待っているから……」

藤九郎を見上げたお葉の目には涙が浮かんでいた。それも男を愛してしまった十年ぶりの涙だ。藤九郎は小さくうなずいてお葉の店を出た。

浜からの風が強い、掃《は》きだめのような路地を通って、早朝の岡場所を出ると、寿々屋に向かった。

どこの旅籠からも続々と客が出てくる。

西に行く者、東に行く者が交差していた。藤九郎が寿々屋に戻ると、部屋の布団に小豆が座ってカンカンに怒っている。

小豆は酔いがさめて、一両ももらった藤九郎に抱いてもらおうと、寝ないで待っていたのだが、夜が明けても帰ってこない。

「どこに行っていたのさ、あたしをほっぽり出して！」

「岡場所だ」

「まあ、そんなところに行って！」

「そう怒るな。もう一両やるから？」

「いらない！」

「小豆、今度来た時にな……」

「本当に来てくれるの？」

「来る。必ず、来るから……」

「よし、それじゃ、あの野郎と別れて待っているから……」

小豆が三五郎とは別れると言い出した。若く元気のいい子だ。

第九章　見えた山

弥吉は既《すで》に寿々屋を発《た》って江戸に向かっている。

行く先は潮見坂の和助の百姓家だ。

この日、藤九郎たち三人は、浅草の二代目鮎吉《あゆきち》のところに集まることになっていた。刻限は昼頃だ。

藤九郎は寿々屋を出ると、少し急いで浅草に向かった。

三人のうち文左衛門だけは、どんなに遅くなっても、奉行所の長屋に戻ってきてお滝を安心させ、一刻半（約三時間）ほどお滝の顔を見て内藤新宿に急いで行く。

それも最初の二日だけで文左衛門も戻れなくなった。

三人は浅草に集まると、銀座事件のことは言わず、正蔵《しょうぞう》と定吉《さだきち》から噂話だけを聞いて、千住宿に向かった。

翌日は千住宿で探索したが、四つの宿場のどこにも、銀座事件の目ぼしい噂は転がっていなかった。三人とも、本当に幕府の銀座が破られたのかと思う。

銀座はこの後、役人の不正が多発して、日本橋蛎殻町に移転することになるが、この頃はまだ駿府城下から移転して間もなかった。

京橋の南、銀座の置かれた場所は、江戸前島《まえじま》と呼ばれているあたりで、日比谷《ひびや》入江の埋め立ては、天下普請《ふしん》が終わり、ほぼ完了していた。

「手掛かりらしきものは何もないな？」

千住宿に一晩泊まって、三人は聞き込んだ。

「気になるのは、おぬしを品川宿で雇ったという弥吉だけか？」

「あれはこの事件とは関係なさそうだ」

「江戸から出るのではなく、上方《かみがた》から江戸に入ってきたのだから、銀座の事件との関係は考えにくいということか？」

「うむ、根津神社で会ってみればわかると思う」

「一人で大丈夫か？」

宇三郎は敵が多人数だった時のことを考えた。

「会ってみてからだな」

「そうか、無理をするな。こっちは文左衛門と二人でやる」

三人は話し合って、藤九郎は弥吉のことにかかり、宇三郎と文左衛門が銀座事件の探索を続けることにした。

藤九郎には五人や十人の敵なら倒せる自信がある。

三人は一旦《いったん》奉行所に戻ることにした。このあと噂を拾えるところといえば、吉原のような色町ぐらいしかない。

「お奉行に報告してからにしよう」

千住大橋を渡りながら三人は南に向かった。隅田川《すみだがわ》に架《か》かる千住大橋は、奥《おう》州《しゅう》街道《かいどう》の千住宿を発展させた。

大橋の両側に街道沿いに置かれたのが千住宿で、常陸水戸《みと》へはこの千住宿から分岐している。江戸に北からの物資が入る中継地で、岡場所なども発展した。

やがて慶安《けいあん》四年（一六五一）には、大橋の南に小塚原《こづかっぱら》刑場が設置されることになる。

江戸の刑場は北に小塚原刑場、品川宿に近い南に鈴ケ森《すずがもり》刑場、西の八王子《はちおうじ》には大和田《おおわだ》刑場の江戸三大刑場が置かれた。

処刑された死体は野ざらしにされることが多く、野犬や鼬《いたち》などが食い散らかしたりして、その有様《ありさま》は地獄のようだったという。

おためしといって刀剣の試《ため》し斬りにも使われた。

百年ほど後になって、死者の供養《くよう》を行うようになり、首切地蔵が建立《こんりゆう》された
り、千住回向院《えこういん》などが建立されるようになる。

「銀座の事件は不思議な事件だ……」

文左衛門は、銀座が破られたとはどうしても考えられない。江戸城よりも厳重
に警備されているのが金座と銀座だ。

「そうだな。不思議と言えば奇怪な事件だ。足跡が全くないというのもおかしな
ことだ」

「もし、外からだとすれば、二百貫もどうやって運び出したかだ？」

「吊《つ》るして空からでも出さない限り外には出せまい」

藤九郎が面白いことを言った。

「それはいい考えだ。空中からとは面白い……」

家康の入府以来、急拡大した江戸は、どこも雑然としていて、何が起きてもお
かしくない有様だった。

この江戸が、やがてきれいに整備される時が来る。

それは三十九年後に江戸が丸焼けになる明暦《めいれき》の大火だ。丁酉《ひのととり》火事、振袖《ふりそで》火事、最初に火が走った場所から丸山《まるやま》火事などともいう。

江戸は三回の大火に襲われ、江戸三大大火などともいうが、明暦の大火は最もひどく、江戸城天守まで焼け落ち、十万人もの死者が出たという。

これ以後、江戸城は天守を持たない城になる。

この明暦の大火で丸焼けになった江戸に、再生改造計画が行われ、旗本屋敷、大名屋敷、寺社などの大量移転が行われた。

江戸城内にあった御三家の屋敷なども城外に出され、住民も、寺と一緒に吉《きち》祥寺《じょうじ》や下連雀《しもれんじやく》に移住させられる。

火除地《ひよけち》や広小路《ひろこうじ》で延焼を遮断、茅葺《かやぶき》、藁葺《わらぶき》屋根の禁止、土蔵造《どぞうづくり》や瓦葺《かわらぶき》屋根の奨励など、燃えない江戸を造ろうとする。

だが、瓦葺屋根は高価で、茅葺、藁葺は消えたが、板葺屋根が残り、板壁や板塀の町家が多く残ってしまい「火事と喧嘩《けんか》は江戸の華」などと粋《いき》がるしかなくなった。

この江戸改造計画は半《なか》ば成功、後世に寺など少しは残ったが、他の建物など何も残らなかったことを考えれば半ば失敗、木造文化の限界が江戸改造計画だったのかもしれない。

江戸の拡大はあまりにも急だった。

「どこかに足跡が残っているかもしれない。丹念に調べていくしか方法はなさそうだ」

宇三郎は、焦《あせ》っている老中《ろうじゆう》たちの気持ちはわかるが、いかんせん塵《ちり》一つ手がかりがないのでは、早い解決は難しいと思える。

これまでに見たことも聞いたこともない大盗《たいとう》でない限り無理な仕事だ。

三人は仔細《しさい》を勘兵衛に報告して、次の策を考える。

勘兵衛もかつてない難しい事件だとわかっていた。

「引き続き探索をしてもらいたい。ご老中が心痛《しんつう》でな……」

勘兵衛も町奉行としてつらいところなのだ。

その日も三人は探索に動いた。

そんな宇三郎の前に、見かけない武士が立った。

「奉行所の望月殿か？」

「いかにも望月だが、何用か？」

宇三郎が警戒する。

「森本鉄太郎《もりもとてつたろう》と申す」

「森本殿？」

「わけあって身分は明かせないが、そこもとと同じ仕事をしていると思っていただきたい」

宇三郎は目付《めつけ》か大番組《おおばんぐみ》だとピンときた。

「何か手がかりはお持ちか？」

森本が聞いた。

「これといったものは何もござらぬが……」

「やはりそうか……」

森本はがっかりした顔だ。

「一つだけ伺いたい？」

宇三郎が言う。

「何でござろう」

「この事件は外部からの犯行か？」

「そうだ。詳しいことは言えないが、その痕跡は確かにあった。この目で見た」

「そうでしたか……」

「御免！」

森本鉄太郎が辻を曲がって姿を消した。

目付や大番組まで姿を現すようでは、容易な探索ではないことが明白だ。この事件が公《おおやけ》になれば幕府の面目《めんもく》が潰《つぶ》れる。

老中などの重臣が最も嫌うことだ。

前年にようやくできた目付だが、わずか十人で構成され、旗本《はたもと》、御家人《ごけにん》の監視をする。一部の犯罪には裁判権を持っていた。この後、徒目付《かち》、小人目付《こびと》が配下としておかれるようになる。

この目付が、町奉行や勘定奉行《かんじょう》になるための登竜門になった。

大番組は五番方の一つで、小姓組《こしょう》、書院番《しょいん》、新番《しん》、小十人組《こじゅうにん》、大番組とある。大番ともいい、六組から編成されている将軍の親衛隊であった。家康が軍制として編成したもので、番頭《ばんがしら》は松平《まつだいら》一族が就任、役料は五千石と大きい。

後に老中支配となり、六組から十二組になる。

番頭一名、組頭《くみがしら》四名、役料各六百石、番士五十名、役料二百石、与力十名、同心二十名、総兵力四百人ほどで、二万石ほどの大名に匹敵《ひってき》する威力である。

この組織が十二組あった。

戦いがなくなると、江戸城などの警備を任務とした。

三代将軍家光《いえみつ》の時に新番が創設され、江戸城の警備から外されることになる。

そのため士気が著《いちじる》しく低下、使いものにならなくなるのを恐れ、幕府は西《にし》の丸《まる》、二《に》の丸《まる》の警備を担当させ、江戸市中の巡回警備なども担《にな》うようになる。

旗本は無役になると、たちまち怠惰《たいだ》になった。

仕事がないのだから役料もない。やることがないと人は良くないことを考える。武家は大きな屋敷があるので、そこを賭場などに提供して寺銭《てらせん》を稼《かせ》いだりした。

寺銭とは、賭博を寺などで開帳《かいちょう》した時に、その賭け金の一部を、場所を貸してくれたお礼として寺に差し出したことから言われる。

宇三郎の前に現れた森本が、目付の筋か大番の筋かはわからない。ただ、幕閣《ばっかく》が大いに慌《あわ》てていることはわかった。

「外部の犯行か……」

宇三郎は、一人で吉原に向かっていた。

吉原でもどこでもいい、何か有力な手掛かりはないかということだ。

「惣吉、名主はいるか？」

西田屋の前に立って、宇三郎が忘八の惣吉に聞いた。

「望月さま……」

浪人姿の宇三郎に惣吉が驚き、店に引きずり込んだ。

「えらい恰好《かっこう》で……」

「いるか？」

「へい、おりやす、こちらから奥へ、庭におりやすんで……」

「そうか……」

宇三郎が奥に行くと、惣名主《そうなぬし》の甚右衛門は一人で庭に立っている。

「どうした名主？」

「これは望月さま、何んとも風流《ふうりゅう》な出《い》で立《た》ちで、とんでもないことが出来《しゅったい》したようですな？」

勘の鋭《するど》い甚右衛門はそう感じた。

「何かおもしろい噂話はないか？」

「噂話？」

「どんなことでもいいのだ……」

甚右衛門は、宇三郎がどんな事件なのか話ができないのだと思った。隠密の探索だ。

「吉原内のことが二、三あるだけで、望月さまのお耳に入れるような噂はございませんが？」

「そうか、何んでもいい、気にとまることがあれば聞かせてくれ……」

「承知いたしました。あちこち聞いてみましょう」

二人は立ち話で用件を済ませてしまった。

「お構いもせず、愛想《あいそ》がなく申し訳ございません」

「いいんだ。ゆっくりもしておれない。また来る」

「失礼を致しました」

甚右衛門が丁重《ていちょう》に宇三郎を送り出した。

「惣吉、お前、近頃、盗賊の話を聞いていないか？」

「へい、このところ、そういう話はまったくありやせんで、地獄耳の奴に二、三当たってみやす……」

「どんな事件か言わなかった。おそらく相当に厄介なのだろう」

「へい、望月さまがあの恰好ですから、ただ事ではないと……」

二町四方の吉原に、毎晩集まる噂話は、掃いても捨てきれないほど溜《た》まる。猫の子が生まれた事件から殺人事件まで、吉原を通らない噂話はないといえるほどだ。

　その頃、藤九郎も文左衛門も聞き込みに回っている。

　藤九郎は、弥吉と約束した日の夕刻に根津権現へ向かった。上野不忍池の辺《あた》りで日が暮れ、お繁の茶店で縁台に腰を下ろした。

「青木さま……」

　直助が顔を出す。

「ご浪人の姿でどちらへ?」

「根津権現で人と会う」

「お一人で?」

「会うだけだ。その後は人斬りの仕事らしい……」

「それは大変なお仕事で……」

　この頃、直助はお信から聞いて、正五郎のことも和助のことも知っていたが、弥吉のことは知らなかった。

「お気をつけられて……」

「うむ、行ってくる」

茶一杯で喉《のど》を潤《うるお》し、縁台から立ち上がった。その頃、根津権現には和助と弥吉が来て、藤九郎が現れるのを待っていた。

四半刻（約三〇分）もしないで、藤九郎が暗くなった根津権現の境内《けいだい》に入った。

松の木の根方に提灯《ちょうちん》が一つ灯っている。

「弥吉か？」

藤九郎が誰何《すいか》した。

「へい、弥吉でございやす」

「お前一人ではないようだな？」

「へい……」

提灯の灯に藤九郎が近づいて行った。

「旦那、小頭《こがしら》で……」

「和助と申します」

「この小頭を守っていただきたいんです」

「いいだろう。和助、一人斬って五両だぞ。いいか？」

「結構でございます」

　この時、誰一人、この筋が正五郎と本宮長兵衛の筋と一本だとは気付いていなかった。

　三人が根津神社から潮見坂に行って百姓家に入ったところで、藤九郎が潮見坂の百姓家とは長兵衛の筋だと気付いた。だが、藤九郎は知らぬ振りだ。

同心の本宮長兵衛と話してからだと思う。

「その尾張から出て、お前たちの頭《かしら》を殺した松吉というのは、いつごろ江戸に出てくると思う？」

「お頭を殺したのが隠し金欲しさであれば、早ければ半月後、遅くても二、三ケ月後には出てくると思われます」

「お前を探しにか？」

「はい……」

「お前はその金の在《あ》り処《か》を知っているのか？」

「知りません。そのようなことはお頭しか知らないことです。どこに、いくらあるのかも？」

「それでは、その頭が死んだのではどうにもならんではないか？」

藤九郎が弥吉の注いだ酒を飲んだ。

「はい、松吉たちはわしが知っていると思っているのです」

「なるほど、それで狙《ねら》われるか？」

「はい、弥吉も危ないかと思います」

「二人を殺したら何もわからなくなるのではないか？」

「そこは松吉の考え次第で……」

和助はお香のことを言わない。お鈴のことも言わない。二人のことはいずれ話すことにして、品川宿で拾った浪人藤九郎から警戒を解《と》いていない。

藤九郎の剣を弥吉は品川で見て、一目で惚れただけなのだ。

和助も弥吉も、藤九郎の人柄《ひとがら》は悪くないと見た。それだけで潮見坂まで連れてきた。

「奴らの現れるのがまだ先なら、わしの仕事は半月後からでいいか、ここで酒を飲んで暮らすこともできまいが？」

「結構です。十日や半月でここは探せないでしょうから……」

「二人ともあまり出歩かないことだ。出歩けば見つかる。探している向こうの方が人数は多いのだからな……」

「そのようにしやす、それで旦那とのつなぎは？」

「そうだな。さっき立ち寄ったのだが、上野不忍池にある掛茶屋でどうだ。確か、桔梗《ききょう》といったか？」

「桔梗屋で……」

「そうだ。三日に一度は覗《のぞ》いてみよう」

「結構でございます」

「藤九郎と書いておけ……」

「承知しました」

その日、藤九郎は酒だけを飲んで、潮見坂の百姓家を出た。

奉行所に戻ると三五郎がいた。

「青木さま、申し訳ねえことで、三両も……」

「痛かったであろう？」

「少々、それに岡場所の親分から挨拶がありまして、五両……」

「もらっておけ、気にするな。ところで、小豆をどうするのだ？」

「あの野郎、別れるとぬかしやがって、往生しております」

「そうか、大切にしてやれ……」

「へい、そのつもりでおりやす」

三五郎は、まだ藤九郎とお葉のことを知らないようだった。

藤九郎は勘兵衛に、品川宿で弥吉と会ったことからすべてを話した。

「そうか、おもしろいことがあるもんだな。そなたの言う通りで、その話は長兵衛がわしのところに持ってきた話だ。一人斬って五両とはいい仕事だな」

「はい、十両のうち三両は三五郎に、一両は寿々屋の女に与えましてございます。残りは勘定方に渡してまいりました」

「そうか、それで長兵衛と話してみるか?」

「はい、相当に凶悪な連中が、尾張から出て来るようですから、捕らえた五人よりも厄介かと思います」

「そうだな。人を殺しに来るのだから、和助と弥吉だけでなく、お駒のところに隠れているお香も、長兵衛の役宅にいるお鈴も、見つかれば殺されるか?」

「はッ、奴らは隠し金があると思っているだろうから、女二人も間違いなく狙われると思われます」

「その正五郎の隠し金はどこかにあるのだ。長兵衛を、お鈴のために一万両で買うといったのだから、必ずどこかにあるのだろう」

「では、誰かが知っている?」

「いや、そうではあるまい。正五郎ほどの男だ。その一万両があるのかないのかや、在り処は誰にも教えていないのだろう、子分たちにも。確かにあると知っているのは、わしと長兵衛だけかもしれない」

「それでは誰もどこにあるかわからない？」

「そうだ……」

勘兵衛はそういうことだろうと、おおよその見当はついている。

正五郎は永久に見つからなければそれでもいいと考え、お鈴本人も知らないところに何か書付《かきつけ》を残している。お鈴でなければお香に残しているのだ。

藤九郎と長兵衛の話を聞いて、勘兵衛はそうにらんだ。

「藤九郎、長兵衛と相談してお鈴とお香を、奉行所に移した方がいいのではないか。宇三郎と二人で一人ずつ預かれ。その上でこの事件に早く決着をつけろ……」

「はッ、承知いたしました」

勘兵衛には事件の山が見えてきていた。

逆にまったく何も見えないのが、例の飛猿《とびざる》事件と銀座事件だった。

五里霧中《ごりむちゆう》、皆目《かいもく》見当がつかない。

第十章　お葉《よう》の涙

夕刻、本宮長兵衛が見廻りから戻ってきた。

戻ったばかりの長兵衛が呼ばれて、奉行の部屋に入ってきた。そこには勘兵衛と藤九郎がいる。

「長兵衛、お鈴は元気か?」

「はい、変わりなく元気にございます」

「実はな……」

勘兵衛が、この事件に藤九郎がかかわった経緯《いきさつ》を話し出した。

「それでは、正五郎は尾張で死んだということですか?」

「その弥吉の話ではそういうことになる」

「そうですか、死にましたか……」

「凶悪化した松吉が江戸に出てくるということだ。懐が寂しくなれば、何をするかわからない奴らだ。決着は早いほうがいい」

「はい……」

「そこでお鈴とお香を安全な奉行所に移しておいて、松吉たちをおびき出して決着をつける。それでどうだ？」

「はッ、よろしいかと思います。和助と弥吉を囮《おとり》にする？」

「そうだ。そこを二人で討《う》ち取るということだ」

「わかりました」

「お鈴を八丁堀の役宅に置いたのでは、万一の襲撃に父親の喜十郎一人では耐えられまい。松吉一味は、平気でそなたの家族に手をかける奴らではないのか？」

「そのように思います」

三人の話し合いで、数日中にお鈴とお香を奉行所へ移すことに決めた。

和助と弥吉を二人の剣客《けんかく》が守り、松吉一味が現れたところを捕らえる。勘兵衛は手におえないようなら殺していいと許した。

奉行所の役人が何人も張りつくわけにはいかない。

藤九郎は銀座事件の探索に当たっていたのだ。それが弥吉の出現で、長兵衛と協力することになった。

「ところで二人の関係をどうする。このまま役人と浪人でいいのか？」

「はい、その方がやり易《やす》いかと思います」

「敵を欺《あざむ》くにはまず味方からだな。いいだろう」

藤九郎と長兵衛は、他人ということで通すことにした。二人が役人ということでは、和助と弥吉にとって具合が悪かろうと思った。

ここからは、長兵衛よりも藤九郎が和助と弥吉の傍《そば》にいることになる。

「品川宿で見張りをすれば、松吉の顔を見ることができる。いつ江戸に入ってくるかわからないが見張ってみるか？」

勘兵衛は藤九郎と長兵衛のいずれかが、松吉一味を見ておく必要があると考えた。

「弥吉を連れて行って見張ってみてはどうだ？」

「いつ現れるかわかりませんが？」

「そう、遠いことではあるまい。松吉は正五郎の隠し金が欲しいのだ。先に和助と弥吉が手に入れると考えているかもしれないぞ」

「確かにそう思うでしょう……」

「奴らを先に見つけ、こちらから仕掛けることだ」

「畏まりました」

その数日後、お鈴とお香が密《ひそ》かに奉行所へ移り、お鈴はお志乃に預けられ、お香はお登勢に預けられた。

松吉たちが探しても見つからない、最も安全な場所に隠された。

二人が奉行所に移ったことは、和助と弥吉にも伝えない。すべては松吉一味を捕らえるまでの警戒である。

何をするかわからない凶悪犯を江戸に入れて、一網打尽《いちもうだじん》にしようという、失敗のできない作戦だ。早期に解決することが重要になってきた。

その頃、松吉一味は、弥吉の行方と正五郎の隠し金を探していた。

清洲の隠れ家の床下の土から、小判の入った甕《かめ》が出てきたが、これは正五郎のものではなく、弥吉の虎の子《とらのこ》の八百両だった。

「お頭の隠し金はこんなもんじゃねえ、おれたちを騙すために埋めた小判だ。クソッ！」

「和助なら隠し金の在り処を知っているはずだぜ……」

「小頭はここに戻ってきていねえ、まだ江戸にいるんだ」

「お香の行方がわからねえ……」

「お鈴もどこに行ったのか、隠し金の在り処を知っているかも？」

「あのお頭がそんなことはしねえ、それではお鈴を殺してくれといっているようなものだ。知っているのは和助、弥吉、お香の三人の誰かだ」

松吉が自信ありげに言う。

「それじゃ江戸に行かないと？」

「そうだ。いずれにしても和助を探す。本門寺の隠れ家から消えたのは、江戸のおれたちの知らないどこかの隠れ家にいるからだ」

「江戸で仕事もしよう」

松吉が残忍なら太十も相当に凶悪だ。

正五郎と一緒の時は猫をかぶっていた。松吉と太十は残忍な本性がむき出しになっている。

「江戸へ行こう」

「待て、江戸に入るには慎重にしろ、二人一組でバラバラに入る。品川宿から先は笠《かさ》をかぶると捕まるから気をつけろ、集まるのはわかり易いところで、浅草の浅草寺境内の茶屋でどうだ？」

「承知、二人一組だ……」

松吉一味が和助を探すため動き出した。

一方、江戸ではその一味を迎え撃つ藤九郎、長兵衛、弥吉の三人が品川宿の寿々屋に入っていた。

「親父、しばらく街道の見える部屋を借りる。何日になるかわからない。呼んだとき以外誰も近づけるな。いいな？」

「へい……」

長兵衛が親父に厳しく言いつけた。その長兵衛も、松吉一味を追跡できるよう藤九郎と同じ浪人姿だ。

約束通り藤九郎が現れて、小豆は大喜びだが、長兵衛が厳しく、朝餉《あさげ》、夕餉の時以外部屋に近づくこともできない。弥吉は細く窓を開けて、江戸に入ってくる街道の人たちを見張っている。

寿々屋の前を通った三五郎を、小豆が飛び出して行って引きずり込んだ。

「なんだよ！」

「来た。あんたを斬った浪人が、うちに泊まった客と、もう一人の浪人を連れて来たよ！」

「そうか……」

「なんだ。それだけか？」

小豆は別れると言ったので三五郎が怒っていると思う。だけど二人は充分に懇《ねんご》ろで、別れることなどできない。三五郎に別れる気がない。

「怒っているのかい？」

「何を？」

「別れるって言ったから……」

「馬鹿野郎、おれはお前と別れる気なんかねえ！」

「ほんとかい？」

「当たり前だ。あの浪人には手を出さない方がいい。また斬られる。今度こそ殺される」

「そうだね。あの浪人、乱暴だから……」

小豆はどっちつかずで二人が好きなのだ。

「お前も近づかない方がいい。危ない浪人だからな……」

「そうだね。連れてきた浪人も怖そうなんだ。親父さんをにらんだりして……」

「触らぬ神に祟《たた》りなしだ。あの浪人がいなくなったら行くから、いいだろ？」

「うん……」

二人はどうしようもないほど好き合っている。

その夜、街道に人の動きがなくなると、藤九郎は寿々屋を出てお葉の店に向かった。岡場所の裏通りから誰にも気づかれず、そっと店に入った。

「藤九郎さま……」

お葉が驚いて酒樽《さかだる》から立ち上がった。

「客はいないな」

「いつものことだから……」

お葉が藤九郎の前に立って小さく微笑んで首に腕を回した。そのお葉を抱きしめる。

「待っていたの……」

「そうか……」

「もう、閉めちゃうから……」

お葉は店の戸に心張棒《しんばりぼう》をかって灯りを消してしまった。藤九郎は仕事で来たことを言わないし、お葉も藤九郎には何も聞かない。いつでも捨てられる覚悟でいる。

男を追えば惨《みじ》めになるとわかっていた。

奥のお葉の部屋の灯だけが微《かす》かに淡《あわ》い。そんな暗がりの中で、お葉が藤九郎を強く抱きしめる。

「会いたかった……」

「うむ……」

藤九郎がお葉の口を吸った。何も言うなといっているようだ。華奢《きやしや》なお葉の体が藤九郎に強く抱きしめられた。

「少し痩《や》せたか?」

「うん、藤九郎さまを好きになったから……」

「そうか……」

「向こうに行きましょう。泊まって行けるの?」

「いや、泊まれない」

「そう……」

「その代わり明日も来る」

「うれしい……」

お葉は危険な旅に足を踏み出していた。

藤九郎は一刻半あまりお葉と過ごし、夜半過ぎの寝静まった寿々屋に戻って寝た。ところが夜明け近くになって、小豆が藤九郎の寝床に潜《もぐ》り込んできた。

気づいたが、藤九郎は寝返りで背を向けて知らぬふりをした。その背中に小豆が抱きついた。

「誰だ？」

「小豆……」

「何をしている？」

「約束じゃないの嘘《うそ》つき……」

「困った娘だ。三五郎はどうした？」

「旦那に近づくなって……」

「それは正しい」

「違う、旦那はいい人だ。三五郎はわかっていない」

二人に気づいた長兵衛が、目を覚まして秘密の話を聞いていた。

「小豆、お前、こんなことをすると斬られるぞ？」

「誰に？」

「向こうの浪人に……」

「ほんと？」

「侍は寝ているようで寝ていないんだ。行って見てこい……」

「怖いよ……」

「だったらこっそり帰れ……」

「うん……」

小豆がのそのそと這《は》って部屋から出て行った。

朝餉の時、小豆が長兵衛に呼ばれた。

「お前はなぜわしの寝床に来なかった。わしなら抱いてやったのに……」

「し、知っていたの？」

「当たり前だ。部屋に入ってきた時からわかっていた。曲者《くせもの》と思って斬るところだったぞ！」

「そ、そんな……」

「斬られたくないか？」

「当たり前だ！」

「ならば、入りますと挨拶してから入れ、わかったか？」

「うん……」

「夜這《よば》いなど、男のするものだ！」

「よ、夜這い……」

「違うか？」

長兵衛が小豆をじろりとにらんだ。

「違わないよ……」

ふくれっ面《つら》で長兵衛をにらみ返す。藤九郎がニッと笑った。

「夜這いならわしのところに来い！」

「怖いから嫌だもの……」

抵抗する小豆を「いい思いをさせてやるぞ……」と長兵衛が脅《おど》した。小豆が怖がって部屋から逃げて行った。

「ご用聞きといい仲らしい……」

藤九郎がしらばっくれた。

「そうですか？」

「元気のいい娘さんです」

弥吉が飯を食いながら二人の話を聞いていた。弥吉は、藤九郎が浪人で長兵衛が役人だと思っている。

弥吉は朝から窓を細く開けて張りついた。街道が良く見える。

藤九郎は朝餉を取り終わると、寿々屋を出て六郷橋に歩いて行った。藤九郎には松吉一味を捕らえる仕事の他に、銀座から二百貫もの銀が消えた事件の探索もある。

甘酒ろくごうには何人も客がいた。

藤九郎は甘酒屋には立ち寄らずに、六郷橋を渡って川崎大師《かわさきだいし》に向かった。周囲のわずかな異変も見逃さない。

どこにいるかわからない幻の大盗賊だ。

江戸の近くに潜んでいる可能性もある。二百貫もの銀を誰にも気づかれずに、江戸の外に運び出すことは容易ではないはずなのだ。

どんな男がそういう荒技《あらわざ》を仕掛けたのか、その顔を見てみたい。

川崎大師から川崎湊《みなと》に行って、川崎湊から京橋川《きょうばしがわ》に行く仕事がなかったか聞いて回った。

「吉原の道三河岸《どうさんがし》に行く仕事はたまにあるが、京橋川に行ったという仕事は聞いていないな。そういう仕事があれば噂になるんだが……」

「そうか、そういう話はないか？」

「ないな……」

藤九郎は二百貫もの銀を船で運ばない限り、人知れず江戸から出すことは難しいと考えた。それには品川湊か川崎湊を使うはずだが、その痕跡《こんせき》はない。南に運んだのでなければ北か、それとも木更津《きさらづ》などの東に運んだか、藤九郎は京橋川から船で出すしかないと運搬方法にこだわった。

なんの手掛かりもないまま、藤九郎は六郷橋まで戻ってくると、甘酒ろくごうの縁台に腰を下ろした。

店には三五郎と久六もいたが、知らぬふりだ。

藤九郎が浪人姿に身をやつして、隠密の探索をしているとわかっている。何を調べているのかは知らない。

相当重要な事件で極秘に進められていることから、奉行所の事件というより、その上の幕府の事件ではないかと思わせた。

何か幕閣の不正とか、もっと大きければ旗本や大名などの改易事件などだ。

「茶をくれ……」

「へい！」

藤九郎は今や名物の甘酒ではなく、喉を潤す茶を一杯注文した。小春も藤九郎を知っていたが何も言わない。

藤九郎は、河口から広がる江戸の海と彼方《かなた》の半島の山影を見ている。その藤九郎が品川宿に戻ってきたのは夕刻だった。

弥吉と長兵衛は、江戸に入ってくる人々を見張っている。

「誰か来たか？」

「まだでございます」

弥吉は疲れた顔でいう。一日中窓に張りついているのは大変な仕事だ。逆に長兵衛はすることがなく暇そうだ。藤九郎が何のためかはわからないが動いていることは知っている。

そのことには二人とも触れない。

夕餉を取ると、藤九郎は寿々屋を出てお葉の店に向かった。

前の日と同じように裏路地からそっと店に入った。相変わらず客はいない。お葉は藤九郎の顔を見ると、開けたばかりの店を閉めて灯を消してしまう。

お葉は藤九郎の言葉使いや振る舞いから、ただの素浪人ではないと気づいていた。

恐ろしいまでの剣の腕や、岡場所を仕切る親分を黙らせる気迫は、誰が見ても只者《ただもの》ではなかった。

そんな藤九郎に、お葉はのめり込んでいく心地良《ここちよ》さを微かに感じている。

それが危険な愛の罠《わな》だと知っていた。

「泊まる？」

昨日と同じように聞いた。

「いや……」

「そう……」

お葉は何かの用向きがあって、藤九郎が品川宿にいると思っていた。藤九郎を抱きしめると、お葉は気持ちが満たされるのを感じる。体中が痺《しび》れるようだ。

「明日も？」

「いいのか？」

「うん……」

薄い灯りにお葉の涙がキラッと光る。

「帰したくない……」

お葉の小さな願いだ。それすらも叶《かな》えられないとわかっている。

「明日、船に乗ろうか？」

「ほんと？」

お葉が裸のまま飛び起きた。

「明日の朝、品川の湊に来い……」

「うん……」

うれしいお葉が藤九郎に覆《おお》いかぶさっていった。

その頃、寿々屋に和助が現れた。弥吉一人の見張りではつらいだろうと思って、その見張りを助けるため、潮見坂から出て来た。

「小頭、まだ、松吉一味は現れませんで……」

「そうか、だが、奴らは必ず来る。小三次や磯次が捕まったことを知らないはずだ。あいつらは江戸の怖さを知らない。間もなく来る……」

和助の確信だ。

夜半近くに藤九郎が寿々屋に戻ってきた。

第十一章　お登勢《とせ》

翌朝、品川の湊から一艘の小船が出た。

その船には前の晩に約束した、藤九郎とお葉の二人が乗っている。

「川崎にやってくれるか？」

「へい！」

船頭が櫓《ろ》を漕《こ》いで船は南に向かった。

お葉は藤九郎に抱かれていた。海の風が涼しく気持ちがいい。もう夏だ。

「夢みたい……」

「そうか……」

「怖い、幸せ過ぎて……」

お葉の心の奥底に沈んでいた愛が爆発している。もう抑えきれない。

「あたし漁師の娘だったの……」

お葉が初めて自分の身の上を話した。だが、それだけであとは何も言わない。

そのお葉が藤九郎の首に腕を回して口を吸った。

船頭が慌てて見ないふりをする。お葉の顔を船頭は知っていた。

品川湊の男たちは岡場所に出入りしている。船頭はこう熱くっちゃ、船が川崎ではなく木更津に行ってしまうぜと思う。

眩《まぶ》しそうに船頭が空を見た。その顔からは汗が流れている。

南からの風はあるかなしかの微風、空は快晴、水平線に雲が入道《にゅうどう》たちのように立っていた。雨は来そうもない。

空も船の中も夏の盛《さか》りだ。

船頭はそんなことを考えて二人を見ないようにしている。見かけない船遊びだ。

お葉は藤九郎を抱いてまどろむような顔で見上げる。

寝てしまいそうだ。

「寝てもいい？」

「うむ……」

だが、お葉は藤九郎に絡《から》みついて寝ない。

船はわずかに揺れながら、櫓を軋《きし》ませて凪《なぎ》の海を南に滑《すべ》って行く。多摩川《たまがわ》の河口を過ぎて川崎の浜につくと、藤九郎はお葉を抱き上げて船から降ろす。

「川崎大師に行ってくる。しばらく待っていてくれ……」

「へい、承知しやした。ごゆっくり……」

船頭が二人を送り出す。

実はこの川崎の浜に、お葉の本当の家がある。お葉が生まれた時は大きな漁師だった。だが、お葉が十歳の頃、父親が亡くなり、後を追うように母親も亡くなった。

運の悪いことに、父親の跡《あと》を継いでいた兄も五年ほど後に亡くなって、お葉は一人になってしまう。

気の強いお葉は親戚を頼らず、すべてを人に売り渡して小さな家に住んだ。

だが、十五、六の娘が一人で生きるのは容易ではない。

騙されて売られそうになったこともある。

そんな不幸にならなかったのは、お葉が賢《かしこ》かったことと、父親と兄が残してくれたそれなりのお金があったからだ。

十九の時に品川宿へ出て、あの小さな店を始めた。女一人が食べるには充分だった。

お葉は藤九郎にそういう話を一切しない。

月に一、二度、お葉はこの川崎の浜に来て、一日、二日過ごして品川宿に戻って行く。そんなことをしてもう四年になる。

嫁に行く気はない。

二人が川崎大師の参道《さんどう》を行くと、お葉に声をかける女が何人かいた。

お葉が立ち止まって話をするが藤九郎は気にしない。お葉を置いて先に行くと、慌ててお葉が追ってくる。

「知り合いなの……」

「そうか……」

藤九郎は、お葉がこの辺りで育ったのだろうと思う。それ以上は詮索《せんさく》しない。

二人はお大師さまに参拝した。

川崎大師は金剛山《こんごうさん》金乗院《きんじょういん》平間《へいけん》寺《じ》という。

海中から現れた弘法《こうぼう》大師《だいし》空海《くうかい》の木像を、この寺にお祀《まつ》りしてあることから、川崎大師と呼んでいる。

「何をお願いしたの？」

「うむ、お葉を見守ってほしいと祈った」

「そう、うれしい……」

「任せておけと……」

「まあ、お大師さまはそんなこと言わないもの……」

「そうか、言わないか？」

「あたしは、いつまでも藤九郎さまといられますようにって……」

「うむ……」

「でも、叶いそうもないから……」

藤九郎はそんな悲しそうなお葉に言う言葉がない。

「ずっと好きでいてくれる？」

「もちろんだ……」

「うれしいんだから……」

恥ずかしそうにお葉がニッと微笑んだ。心の中ではそう長く一緒にいられないとわかっていた。そう思うと悲しくなるから頑張って隠している。

境内を出ると、四人の浪人が道を塞《ふさ》いだ。

「浪人、浪人同士相見互《あいみたが》いだ。少々酒代を貸してくれないか？」

「見ての通りだ。そのような持ち合わせはない」

「いい女を連れているじゃねえか……」

「余計なことだ」

「酌の一つもしてほしいものだな……」

「通してくれないか？」

「そうはいかねえ！」

「ここでやるというのか？」

「ほう、腕に自信があるようだな……」

痩せて目つきの良くない男がゆっくり刀を抜いた。

「おぬし怪我《けが》をするぞ」

「うるせえッ！」

男が刀を振り上げた瞬間、藤九郎の剣が鞘走《さやばし》って、男の胴を横一文字に抜いた。

「ゲッ！」

道端の草に転がるように倒れ込んだ。

「この野郎！」

三人が一斉に刀を抜いた。

藤九郎の動きが速い。正面の敵を肩から斬り下げ、右の敵の腕を折り、左の敵の太股《ふともも》を薄く斬った。一瞬、ひと呼吸の間に三人を倒してしまった。

「命は取らぬが、怪我は相当に痛い。こういうことはしないことだな……」

そういうと「行こう……」と、お葉を連れてその場を離れた。そのお葉は藤九郎の剣をまた見てしまった。

あっという間に四人も倒す圧倒的に強い剣だ。強すぎる。

「藤九郎さまは何人でも倒せるの？」

「そんなことはない。相手が弱すぎるからだ……」

「そう……」

お葉が藤九郎の手を握っている。怖すぎて腰が抜けそうになった。

二人が浜に出ると、ひと眠りした船頭が暇そうにしている。

「そろそろ戻ろうか？」

藤九郎は昼過ぎには戻れるだろうと思う。

「旦那、今なら申《さる》の刻（午後三時～五時頃）頃には戻れやすが？」

「ちょうどいい」

「承知しやした！」

お葉を船に乗せると、浜から押し出して藤九郎と船頭が飛び乗った。日に焼かれて、お葉はすぐ眠くなってしまう。

「今夜も？」

「いいのか？」

「うん……」

藤九郎に抱きついて目を瞑《つむ》る。

朝と違い少し南から風が吹いていた。船頭を後ろから押す風だ。

「待っているから……」

品川湊に戻ると、お葉はそう言って店に帰って行った。

藤九郎が寿々屋に戻ると、和助と弥吉が交代で街道を見張っていた。松吉一味はまだ現れていない。

「そろそろか？」

「そのように思います」

和助と弥吉が緊張し始めている。江戸に入る松吉を見逃さずに追跡したい。こういう見張りは根気のいる仕事だ。

この日も藤九郎は、夕餉が終わるとお葉の店に行った。

寿々屋に戻ったのは夜半近くだった。

翌日から、藤九郎は松吉一味が現れたら追跡するため、寿々屋からどこにも出歩かず待つことにした。夜はお葉の店に行った。

そんな日が三日、四日と続いた。

六日目の昼過ぎ、遂《つい》に松吉一味が姿を現した。

「太十だ！」

弥吉が見つけた。

「もう一人は知らない男だ。新しい一味だろう」

「どの男だ？」

「あの頬っかぶりした男です」

「よしわかった。わしが追う！」

長兵衛が階下に走って行くと寿々屋から飛び出した。物陰から見ていた三五郎と久六が追った。

藤九郎は松吉を待つことにした。

その日、伝吉ともう一人が通ったが、いつまで待っても松吉は現れない。

長兵衛が追った太十は、本門寺前の和助が捨てた隠れ家に立ち寄った。小三次や磯次たちがいると思って顔を出したが、そこは捨てられて放置されたままになっている。

「使われていないようだな……」

「小三次が捨てたんだ」

「あいつらはまだ江戸にいるのだろうか？」

「ここを捨てたということは、江戸を出ているということだろう……」

太十はまさか小三次たちが捕まったとは思っていない。二人が隠れ家を出ると、長兵衛たち三人がまた追い始めた。

戌《いぬ》の刻（午後七時〜九時頃）になるとパタッと人通りがなくなった。それでも夜半近くまで見張りを続け、藤九郎はお葉の店に顔を出した。

「おそらく今夜が最後だ。しばらく、ここには来れなくなる」

「うん、そのうち必ず来て？」

お葉が抱きついて藤九郎を見上げる。

「泊まる？」

いつものように聞いた。少し悲しい顔だ。

「うむ……」

「すぐ、店を閉めるから……」

お葉は急いで店を閉めて灯りを消した。

最後までお葉は藤九郎の正体を聞かなかった。本気で藤九郎を愛したのだから潔《いさぎよ》くしたいと思う。お葉はめそめそしたくない。

そう思うが、毎日会っていた藤九郎が来なくなると思うと寂しい。

「好きなんだから……」

そう言って藤九郎の胸に顔をうずめて泣いた。

「すぐ戻ってくる」

「うん……」

愛はなかなか思うようにいかないものだ。

翌朝、まだ暗いうちに寿々屋に戻った。早立ちの客があちこちの旅籠から出立する。寿々屋の前で、客を送り出す小豆とすれ違ったが「ふん……」と鼻を振る。

藤九郎は必ず松吉が現れると確信していた。

朝餉を取ると、和助と弥吉が街道の見張りについた。そこに長兵衛が戻ってきた。

「太十たちは浅草寺門前の旅籠に入った」

「浅草?」

和助は浅草なら潮見坂に近いと思う。

「そうだ。隠れ家に近いな……」

「はい……」

松吉一味がなぜ浅草なのかはわからない。

「ずいぶん新しい子分が増えたようで、おそらく一味は十人を超えていると思われる」

「そうか、江戸でも仕事をするつもりだな?」

「たぶん、そうだと……」

藤九郎は部屋の隅《すみ》にいて、長兵衛と和助の話を聞いている。

昼頃、遂に松吉が現れた。

「来た。松吉だ!」

太刀を握って藤九郎が立ち上がって窓の傍に行った。

「目つきの鋭いあの痩せた男です……」

「縦縞《たてじま》の着物だな？」

「そうです。あの男が松吉です」

「よし！」

「潮見坂で！」

「承知した」

潮見坂に戻る約束をして寿々屋の外に出ると、藤九郎は腰に刀を差して松吉を追い始めた。

松吉ともう一人の男は、どこにも立ち寄らず浅草に向かう。

江戸に入った安心感からか、それとも既に仕事先を探しているのか、足取りが急にゆっくりになって、時々、店先を覗いたり落ち着かない動きだ。

「あの野郎、押し込む店を探していやがる……」

嫌な野郎だと思う。

その二人も浅草寺門前の旅籠に入った。

「旦那、青木さま……」

「おう、三五郎……」

「太十という男は向こうの旅籠です」

「一味はこの辺りの旅籠にバラバラに入っているようだな?」

「そのようで……」

「それがわかれば充分だ。三五郎、奴らを捕まえるまで品川には帰れないぞ」

「へえ、承知しておりやす」

「浅草の益蔵を知っているか?」

「へい、掛茶屋の主人で……」

「その益蔵に話を通して、二人で松吉と太十を見張れ、さっき松吉の顔を見ただろ?」

「見やした。痩せた目つきの良くねえ嫌な野郎で?」

「そうだ。神田の幾松も呼んでおけ……」

「畏まりやした」

「そろそろ長兵衛がくるころだ。奴らに気づかれるな」

そう三五郎に言い残して、藤九郎は潮見坂に向かった。浅草から谷中村を通ると、潮見坂は隣の山だ。江戸は谷と山の繰り返しで坂の多いところだ。

その頃、長兵衛は和助と弥吉を連れて、潮見坂の百姓家に向かっていた。

藤九郎は松吉一味を捕らえる目途《めど》が立ったと思う。

盗賊は顔を見られては終わりだ。闇《やみ》から闇に蠢《うごめ》くのが盗賊で、面《めん》が割れて陽の光に晒《さら》されてはどうにもならない。ましてや、役人に足取りを捕捉されては、捕まえてくれといっているようなものだ。

大盗《たいとう》正五郎から見ると、松吉も小三次も子どものようなものだ。

盗賊としての警戒が足りない。

自分の考え通りに行くと思い込んでいる。そこがまずい。

盗賊などという仕事はうまくいくはずがない。だが、そこんところをなんとか知恵を絞《しぼ》って、警戒に警戒をして人知れず小判を頂戴《ちょうだい》する。

松吉や小三次のように、押し込んで小判を奪えばいいというのは、荒い仕事で無警戒になりがちだ。自分たちを捕らえようとしている者たちがいて、常に見張られているのだという警戒感がまるで抜け落ちている。

思い通りになるなどと思いあがっている盗賊は小者だ。

大盗は万全の上にも万全を積み重ね、それでもやらないで我慢する。

ここだという時に一気に仕事をして、数千両から万両の小判を奪う。その水際《みずぎわ》立《だ》った仕事こそ大盗の証《あかし》である。

小者の仕事には、そういう大向こうを唸《うな》らせるような美しさがない。

松吉がいくら粋《いき》がってもお仕舞いだ。

潮見坂の隠れ家には灯が灯っている。長兵衛たちは帰っていた。

「旦那、やはり松吉も浅草で？」

「そうだ。太十とは別の旅籠だ。どうもバラバラに泊まっているようだ」

「そうですか。まずは一杯……」

和助が藤九郎に酒を勧める。

「罠を仕掛けておびき出し、一気に叩《たた》き潰すしかない。奴らはすぐ仕事に取り掛かるかもしれないぞ。あちこちの店を覗きやがった……」

「それはまずい……」

長兵衛が炉端《ろばた》で酒を飲んでいる。

「明日、仕掛けよう。和助、お前に浅草寺へお参りに行ってもらう。奴らに後をつけさせてここにおびき寄せる。そこを一網打尽だ。弥吉、一人五両だぞ……」

「承知しております」

「この策でどうだ？」

「結構です。明日、それがしが和助と浅草を歩くことにします……」

「よし、昼、午《うま》の刻（午前十一時～午後一時頃）に掛茶屋に座っている」

そういうと藤九郎が立ち上がった。

「お出かけで……」

「白粉《おしろい》の匂いのするところだ」

藤九郎がにやりと笑う。

「お盛んで、結構でございます」

和助が苦笑する。

潮見坂を下りた藤九郎は奉行所に向かった。長兵衛と一緒にいると実にやりにくい。近しい者が知らんふりをするのはつらいものだ。

藤九郎は勘兵衛に、この数日の動きを話し、いよいよ松吉一味に罠を仕掛けると報告した。

「すると一味が襲ってくるのは、明日の夜か次の日あたりか？」

「そのように考えております」

勘兵衛は少し考える間をとった。

「一味の人数が十人以上では少し厄介だな？」

「はい、林倉之助、朝比奈市兵衛の二人を連れてまいります」

「それで足りるか？」

「四人であれば逃がすことはないかと思います」

「そうか、多すぎても悟られるか？」

「はい、二人には坂の上と下を塞いでもらいます」

「逃がさぬようにな」

「はッ！」

すべてを話し、勘兵衛に指示を仰《あお》いで藤九郎は役宅に戻った。そこにはお香がいた。

「お香だな？」

「はい、奥方さまにご厄介をおかけいたしております」

「うむ、明日か明後日には決着がつきそうだ」

「松吉が？」

「そうだ。今日の昼、品川から追ってきた。必ず捕らえる。もうしばらくの辛抱《しんぼう》だ」

「はい、ありがとうございます」

「登勢、少し疲れた」

「お湯が沸《わ》いております」

「それは有《あ》り難《がた》い……」

藤九郎は、お葉のことを登勢に話そうと思っていた。

その夜、藤九郎は登勢を傍に呼んだ。お葉とのことを聞いて登勢は驚いたが、お滝のように怒ったり騒いだりする女ではない。

「わかりました」

そういうと藤九郎の胸に顔をうずめて泣きたいのを我慢した。何も変わらないと自分に言い聞かせる。

武家の女はじたばたしない。

第十二章　判《はん》じ物《もの》

翌朝、藤九郎は、半左衛門と林倉之助と朝比奈市兵衛の三人と話し合った。

潮見坂の隠れ家をつき止めた松吉一味が夜に襲ってくることが考えられる。

「その百姓家には弥吉というものがいる。先に行って待っていてもらいたい」

「承知いたしました。遅くとも申の刻までには潮見坂にまいります」

「本宮は浅草なのだな？」

半左衛門が作戦を入念に点検する。

「和助と浅草寺を参拝して、益蔵の掛茶屋に立ち寄ります。そこに松吉と太十の顔を知っているそれがしがいます」

「松吉一味につけられているかわかるか？」

「三五郎、幾松、益蔵も一味を見張りますから……」

松吉たちを一網打尽にする藤九郎の作戦だ。自信はある。

「潮見坂に一味をおびき寄せるか？」

「正五郎の隠し金が欲しい松吉は、必ず現れます」

半左衛門が作戦を了承した。準備が整うと藤九郎が奉行所を出た。半左衛門が勘兵衛に呼ばれた。

「半左衛門、夜の戦いになる。いざという時のために、根津神社に四、五人待機させておけ、もし、一人でも逃げられると和助が狙われるぞ」

「はッ、承知いたしました。一人も逃がさぬように手配いたします」

夜の戦いに向かって、半左衛門も動き出した。

その頃、浅草寺に向かった本宮長兵衛と和助が、浅草寺の参道を本堂に向かって歩いて行った。

松吉一味に見つかるように歩いている。

「おい、あれは小頭《こがしら》ではないか？」

「どれどれ、ああ、和助に間違いないな」

「一緒にいる侍は用心棒じゃねえか？」

「痩せ浪人だ……」

伝吉が大した浪人ではないというようにいう。

「松吉と太十に知らせた方がいいな」

「おれが知らせる」

「あの二人は浅草寺に行くのだ。おれが二人の後をつける！」

「よし、知らせてくる！」

伝吉が少し離れて二人の後をつけ始めた。

長兵衛は、和助を守るように傍を歩いている。周囲に気を配り、和助に近づけば斬られる殺気が漂っていた。それを感じて伝吉は近寄らない。

和助が参拝しているのを、長兵衛が後ろで警戒している。

それをお千代の掛茶屋の縁台から藤九郎が見ていた。その藤九郎の前を伝吉が通り、太十が通って行った。

罠にかかった獲物《えもの》を見ている。

和助と長兵衛が参拝して戻ってくると、藤九郎の縁台に腰を下ろした。

「ここに置いたぞ」

お千代に声をかけて銭を置くと、藤九郎が立ち上がった。

「後ろについた……」

そういうと掛茶屋から離れた。和助と長兵衛の周辺には三五郎、幾松、益蔵が見え隠れしている。

益蔵はお千代の尻に敷かれ身動きできない。

そんな益蔵はお千代に惚れ込んでいる。

二代目鮎吉の正蔵が勘兵衛に願い出て、浅草周辺のご用聞きにしたのが益蔵だ。大男の益蔵を尻に敷いて、お千代は気に入っていた。

その益蔵が、縁台の和助と後をつけている伝吉を見張っている。

「ご隠居、そろそろ戻りますか？」

「そうだね……」

長兵衛は太刀を傍に引き付けて警戒している。立ち上がると刀を腰に差した。

その二人を伝吉が追う。その後ろに太十がいた。

和助を見つけた伝吉と太十が張り付いて、潮見坂の隠れ家を嗅《か》ぎつけた。

「こんなところに居やがったか……」

「すぐ小頭が見つかるとは運がいいな」

「だが、傍に用心棒がべったりだ」

「なあに、痩せ浪人の一人ぐらいどうにでもなる。戻って相談だ」

二人は百姓家を見ている。中には先に戻った藤九郎と弥吉がいた。

「おれがここを見張る」

「よし、おれが戻ってみなを連れてくる」

太十が伝吉を残して浅草に戻って行った。

その夜、戌の刻が過ぎると、松吉一味が続々と潮見坂を上ってきた。

隠れ家の中では、藤九郎と長兵衛が襷《たすき》がけで、ひもで鉢巻《はちまき》をして一味が押し込んでくるのを待ち、灯りを消した。

藪《やぶ》の裏から伝吉が現れた。

「中には何人だ？」

「和助と浪人の他に弥吉がいるようだ。もう一人いるようだが誰だかわからねえ……」

「四人か？」

「押し込んで和助を捕らえよう」

「待て、慌てるな。裏口に二人回れ。音を立てるな。踏み込むのは太十と三、四人でいい。後は出てきたところを捕らえろ。和助は殺すな」

松吉の指図で、一味が百姓家の周りに散らばった。わずかな星明かりに、引き抜いた匕首と目がぎらついている。

獲物に襲い掛かろうとする野犬の群れだ。

太十が戸を蹴破って中に入った瞬間「ギャーッ！」と悲鳴を上げた。藤九郎に袈裟に斬り上げられてひっくり返った。

次の男は中に踏み込むのを躊躇《ちゅうちょ》した。

潮見坂の上に林倉之助が現れ、坂の下には朝比奈市兵衛が現れて道を塞いでいる。悲鳴を聞いて刀を抜き仁王立《におうだ》ちだ。傍には浅草から一味を追ってきた三五郎、幾松、益蔵の三人が立っている。

松吉一味が集結すると、大場雪之丞が戦いの始まる前に根津神社へ走った。

根津神社の境内には、倉田甚四郎が率《ひき》いる同心五人がいて、雪之丞が駆《か》け込んでくると、一斉に根津神社の境内から飛び出して潮見坂に向かった。

その潮見坂の隠れ家では、屋内に長兵衛が残って和助と弥吉を守り、藤九郎が一人で外に飛び出した。

「松吉、よくも正五郎を殺したな！」

藤九郎と松吉が庭で対峙《たいじ》した。松吉の手には匕首が光っている。

「お前は誰だ？」

冷静な松吉が名前を呼ばれて誰何《すいか》した。

「松吉、うぬを連れに来た正五郎の使いだ。隠し金はお前のものにはならねえ、覚悟しやがれ！」

「うるせえッ、この野郎一人だけだ。やっちまえッ！」

藤九郎が十数人の匕首に囲まれた。刀はまだ鞘の内だが盗賊たちを斬る気はない。ゆっくり抜くと峰に返して中段に構えた。

「死ねッ！」

太十を斬ってはいない。肋骨《ろっこつ》が数本折れているだけだ。

藤九郎につっかけた男が、匕首を持った腕を叩き折られて庭に転がった。痛いとうめいて松吉の足元にうずくまっている。

「斬られると痛いぞ。次は誰だ？」

藤九郎が二歩、三歩と前に出て、松吉との間合いを詰める。

屋内では、裏口から入り込んだ二人を長兵衛が倒した。

潮見坂の上と下から道を塞いで、倉之助と市兵衛が百姓家に迫っていた。そこに倉田甚四郎らが駆けつけた。

庭に飛び込んで一気に乱戦になる。

逃げられないように、三五郎は鉄の棒を握り、幾松は悪党の足を絡め捕る長い鎖《くさり》を懐から出し、大男の益蔵は六尺（約一・八メートル）を超える長い棍棒《こんぼう》を担《かつ》いで庭の入り口に立っている。

松吉は藤九郎に匕首を跳《は》ね飛ばされ、二の腕をボキッと折られて庭に転がった。強情な男で痛いと言わない。逃げようとした男は、益蔵の棍棒に足首を叩き折られた。

松吉一味は、あちこちを叩き折られ一網打尽にされた。そこかしこで痛いとうめくが死んだ者は一人もいなかった。

明け方までには十四人が奉行所に運び込まれた。

四人が足を折られ、戸板に乗せられて運ばれてきた。松吉一味を待っていたのは先に捕まった小三次一味で、牢《ろう》内で合流したが、不仲の松吉と小三次は口も利《き》かない。

翌日から秋本彦三郎の拷問《ごうもん》が始まった。

怪我をしていないものからギリギリと締め上げられた。

和助と弥吉も呼び出され、砂利敷《じゃりじき》に座らされて、正五郎一味のことが半左衛門に詳しく取り調べられた。

正五郎が語ったようにその金高は十万両をこえていた。この後に松吉と小三次は死罪、他の者は遠島になる。

同じ頃、お鈴とお香は、勘兵衛に持ち物などのことを聞かれていた。

その中で勘兵衛が気になったのは、お鈴の持ち物だった。

父親小太郎の形見《かたみ》の短刀、母親お千の形見の櫛《くし》、正五郎がお鈴に渡した二百両の小判、他に祖母の形見の珊瑚玉《さんごだま》の簪《かんざし》があった。

勘兵衛は小太郎の短刀に不審を感じた。その短刀に、隠し金の手掛かりを隠したのではないかということだ。

ごく短いもので、ようやく自害に使えるほどのものだ。

勘兵衛は長兵衛を呼んで、お鈴の短刀を詳細に調べさせた。鞘から柄《つか》まで入念に調べたが何も出てこない。

お鈴とお香の持ち物の中に手掛かりがあるはずだとにらんでいた。

お香の持ち物は貧弱で、着替えと、和助がくれた百両の他には、正五郎がお香を口説《くど》いた時に買ってくれたという、金象眼《きんぞうがん》の高価な銀簪だけだ。

大盗の孫娘と大盗に愛された女は、贅沢《ぜいたく》することなく暮らしていたことがわかる。

正五郎の隠し金一万両は長兵衛の証言で、あることは間違いない。

その隠し金の在り処を勘兵衛に解き明かせと言っているようだ。

短刀、櫛、簪二本を前に並べてにらんでいる。

お鈴とお香は簪もしていない。他には一分金三枚と豆板銀《まめいたぎん》五枚、銭が三十枚ほど入った袋しか持っていない。

お香は小判三枚、二分金と一分金各二枚、丁銀一枚、豆板銀二枚、銭十四枚を袋に入れて持っていた。

「お守り袋や匂い袋は持っていないか？」

二人が勘兵衛に首を振る。

「喜与、二人の着物の襟《えり》などをお志乃に調べさせろ……」

「はい……」

お鈴とお香に着物を持たせて奥に連れて行った。二人は裸にされて喜与とお志乃、お登勢、お滝に調べられる。

「長兵衛、和助が持っていると思うか？」

「思いません。あのような年寄りに預ければ、死んだ時に困ります」

「そうだな。やはりお鈴とお香だけだ。他に誰かいるとも思えない……」

「やはり怪しいのはこの短刀です。他は考えられません」

「だが、なかった。短刀では当たり前すぎる。誰でも目をつけるところだ」

「それでは、この櫛と簪ということになります」

「櫛の絵に手掛かりはないか調べてみろ……」

「はい……」

お鈴には不向きな金蒔絵《きんまきえ》の美しい櫛だ。小太郎がお千に買ってやったものだろう。花に満たされた御所車《ごしょぐるま》の絵で、公家《くげ》か大名の姫が使うようなものだ。

小太郎とお千の愛の証の櫛だ。

長兵衛が絵に謎がないか何度も何度も見るが、裏にも表にも不審な絵はない。京あたりで買い求めたと思える櫛だ。

「お奉行、この櫛に手掛かりがあるとは思えないのですが……」

勘兵衛は銀煙管《ぎんギセル》で煙草《たばこ》を吸っている。

「長兵衛、簪もよくよく調べてみろ……」

その頃、砂利敷では半左衛門の調べが続いている。和助と弥吉が思い出しながら、正五郎とやった仕事を半左衛門に申し立てている。

十万両もの小判を奪ったのだから、その仕事の仕掛けも大きい上に緻密《ちみつ》だ。一日では調べきれず、翌日も奉行所に来るよう命じられて帰された。

喜与とお志乃たちに調べられているお鈴は、祖父の正五郎の正体に、うすうす気づき始めている。

「お香さん、お爺《じい》ちゃんのこと話して……」

「お鈴ちゃんはそんなこと知る必要はありません……」

そう呟《つぶや》いて何も話そうとしない。恥ずかしいのに裸にされて、着ているものもすべて調べられた。だが、何も出てこなかった。

お鈴は泣きそうになる。

祖父が嫁にすると決めた長兵衛を信じるしかない。

お鈴は長兵衛やその父親の喜十郎、母親のお久、妹のお純などみんなが好きだ。孤独なお鈴が初めてつかんだ、家族と信じられる人たちだ。

これまでのことはすべて忘れて、新しく生きるしかないと決心する。

お鈴は必死で生きようとしていた。それにはお純の力が大きかった。二人でいると楽しいことばかりなのだ。何をやっても笑いがこぼれ楽しい。妹の欲しいお純と姉の欲しいお鈴が合致《がっち》した。

人は辛《つら》いことの中に楽しいことを見つけ出して生きる力を得る。

お鈴にとってそれは、姉のようなお純だった。

そのお純が父の喜十郎と、奉行所にお鈴を迎えに来た。事件の解決が八丁堀の役宅に知らされたからだ。

お純が奉行所に来るのは初めてだった。勘兵衛は久しぶりに喜十郎とも会い、お鈴が八丁堀に戻ることを許した。

「いじめられた？」

「大丈夫、裸にされたけど」

「見られたか、誰に？」

「奥方さま……」

「それは仕方ない。奉行所だから……」

そう呟いて無邪気《むじゃき》なお純とお鈴は手を取り合って喜ぶ。それを長兵衛が渋い顔で見ている。一緒に喜ぶわけにもいかない。

その頃、藤九郎は銀座事件の探索に戻っていた。

深夜にその藤九郎と宇三郎、文左衛門の三人が勘兵衛の前に揃《そろ》った。

勘兵衛と喜与は、前に短刀、櫛、簪を置いてにらんでいる。

「お奉行、判《はん》じ物《もの》のようでございますが？」

宇三郎が勘兵衛に言った。

「この中に一万両の手掛かりを正五郎が隠したのだ」

「例の隠し金？」

「そうだ。正五郎め、わしに謎をかけおった。判じ物かもしれんな」

「隠すと言いましても女の持ち物ですから……」

喜与は既にあきらめ顔だ。

「立派な珊瑚玉ですが、渡来物《とらいもの》でしょうか？」

文左衛門が、紅《あか》い珊瑚玉に目を留めた。

「おそらく南蛮《なんばん》か天竺《てんじく》辺りのものだろう。抜けるかと思ったが抜けない」

「この櫛もなかなかのもののようで……」

「金蒔絵だ。絵には何もない。中に何かあるかと思ったが、抜けそうなところはない」

「一番怪しいのは短刀ですが？」

「長兵衛が何度も調べた。鞘からも柄からも何も出てこない」

勘兵衛もあきらめ顔だ。

「この珊瑚玉は金十枚で買えましょうか？」

文左衛門が珊瑚玉の簪を手に取って藤九郎に聞いた。

「こういうものは百枚でも無理じゃないか？」

「そうです。その珊瑚玉だと二百枚はするでしょう」

喜与が言う。

「ゲッ、二百両？」

「それぐらいはすると思いますよ」

喜与は、滅多にお目にかかれない逸品《いっぴん》だと見ている。

「正五郎が金に糸目をつけず、妻に買い与えたものだろう。お鈴が持っていたものだ」

「大盗賊らしい持ち物です」

喜与も藤九郎も、渡来品の真の価値などわからない。千両といわれればそうかと思うだけだ。この珊瑚玉は極上で、二百両でも買えない代物《しろもの》だった。

金の一本挿《ざ》しで珊瑚玉を貫いている。引いても押しても動かない。文左衛門が少しねじるとカクッと太い金の一本挿しが動いた。

「あれ、これは動きますよ……」

「なに、抜けるのか？」

「ねじると抜けるかもしれません……」

偶然だった。

この頃既に、ねじの技術は日本にあった。鉄砲が伝来した時、それを複製しても、銃身の尻を塞ぐ方法がわからなかった。

火薬が破裂すると弾が後ろに飛び出すようでは鉄砲ではない。

その鉄砲の銃身の尻を塞ぐ技術がねじだった。ねじ以外、銃身に何を詰めても暴発して使えない。そのねじ技術を、種子島の刀鍛冶《かたなかじ》はポルトガル人から学んだ。

くるくるとねじると、一本挿しが珊瑚玉から抜けた。

文左衛門の手元をみんながにらんでいる。

「何か入っているな？」

珊瑚玉の穴を覗き込んで文左衛門が言う。

ねじが緩《ゆる》まないように紙が挟まれていた。その紙を文左衛門が一本挿しで掻《か》き出した。

「こんな紙が入っています」

文左衛門が勘兵衛に紙を渡した。親指の頭ほどの小さな紙片《しへん》だ。

「何と書いてあるのだ？」

暗い灯に文字が読めずに勘兵衛が宇三郎に渡した。灯りの傍で宇三郎が小さな文字を呼んだ。

「これは富士山と小太郎、さくら、それに北という字ではないですかな?」

宇三郎が喜与に紙片を渡した。喜与も暗くて読めずに藤九郎に渡した。

「富士山、小太郎、間違いないな」

その紙を文左衛門に渡す。

「これは判じ物だ。富士山はあの山の富士山、小太郎は……」

「お鈴の父親だ」

勘兵衛が口を挟《はさ》んだ。

「さくらは花の桜、北は方角の北でしょうか?」

「富士山、小太郎、桜、北か……」

「富士山の北は甲斐?」

「隠し金は甲斐にあるということか?」

「小太郎と桜は?」

「繋《つな》がりません……」

五人で頭をひねっても全く見当がつかない。誰かがこれを見れば、すらすらと解ける判じ物だろうと勘兵衛は思う。
宇三郎たち三人が深夜の役宅に戻った。

第十三章　隠し金

翌日、珊瑚玉から出てきた紙片について、和助とお香がその内容について聞かれた。

気づいたことはないかと聞かれても、二人は富士山も小太郎も桜も北も全く心当たりがない。

どんな繋がりなのかわからなかった。

その翌日には、お鈴と弥吉も奉行所に呼ばれた。

だが、二人とも判じ物の意味がまったくわからなかった。半左衛門はがっかりで、正五郎の隠し金の在《あ》り処《か》がわからなくなった。勘兵衛も、前日から判じ物のことを考えている。

「喜与、そなたどう思う……」

「判じ物のことでございますか？」

「そうだ。どう思う?」

「殿さまのわからないことが、喜与にわかるはずがございません」

「そうか、わからないか?」

「はい……」

ところが、奉行所から出て潮見坂に向かっていた弥吉が、「あッ!」といって道端に立ち止まった。富士山の意味を思い出した。

小走りに奉行所に引き返した。

弥吉が砂利敷《じゃりじき》に入ると、半左衛門がすぐ出てきた。

「どうした?」

「判じ物のことで……」

「思い出したことがあるのか?」

「はい……」

「しばし待て、お奉行に申し上げてくる!」

半左衛門は重要なことだと直感して、勘兵衛に弥吉が何か思い出したようだと知らせた。

「よし、話を聞こう」

公事場に勘兵衛と半左衛門が出てきた。

「お奉行さまがお聞きになられる。思い出したことを申し上げろ……」

「はい、実は富士山のことを思い出しましたので……」

「富士山の何を思い出した？」

「富士山は美濃にある東光寺という寺の名前です」

「なんだと？」

「そのお寺は富士山東光寺といいますので。小太郎さまの墓がございます」

「それだ。富士山は山号《さんごう》だったのか……」

勘兵衛がつぶやいた。

「その寺のことを聞かせてくれるか？」

「はい、東光寺は美濃の山県にある京の臨済宗妙心寺派の寺で、そこはお頭の生まれたところです。そのことはお頭と小頭、あっしとお鈴さましか知らないことです。その寺には小太郎さまとお千さま、お頭の奥さまの墓がございます」

「そこに桜の木はあるか？」

「はい、お頭が植えました山桜がございます」

「おそらく、正五郎はそこに人知れず埋めたのだ」

判じ物が一気に解けた。

「弥吉、正五郎の遺骸《いがい》はどこにある?」

「はい、清洲の隠れ家ではないかと思います」

「そうか、和助と二人で清洲に行き、正五郎の遺骸を荼毘《だび》にふして美濃の東光寺に移せ……」

「お奉行さま、江戸を出てもよろしいので?」

「特別に許す……」

「はい……」

弥吉が砂利敷の筵《むしろ》に平伏して泣いた。正五郎の遺骸がどうなったか心配していたのだ。それを美濃の東光寺に移していいとお奉行の許しが出た。

「奉行所からも人が出るゆえ、東光寺まで案内するように……」

「承知いたしました」

弥吉は大喜びで潮見坂に戻って行った。

翌日、登城した勘兵衛がいつものように土井利勝に面会を求めた。そこに老中井上正就《いのうえまさなり》が同席した。

「本日は泥棒が埋めた隠し金を掘り起こすご相談にございます」

「場所はどこか？」

「美濃山県の東光寺という寺の墓地にございます」

「遠いな？」

「はい、正五郎という盗賊の頭は、その隠し金をめぐって子分に殺されました。その子分ども十九人を江戸で捕縛《ほばく》いたしました」

「そうか、それで隠し金がわかったということか、いいだろう」

老中土井利勝は、町奉行の勘兵衛を信頼している。細かなことを言わず、隠し金の掘り出しを許した。

勘兵衛への配慮だ。

下城した勘兵衛は美濃行きを、青田孫四郎と倉田甚四郎の二人の与力に命じ、同心本宮長兵衛、朝比奈市兵衛、林倉之助の三人を同行させることにした。

それに小者二人と幾松、三五郎、益蔵の三人にも美濃行きを命じた。和助と弥吉、お鈴とお香も一緒に美濃に行き、墓参りをする。

大急ぎで支度が整えられ、小判を持ち帰る空馬《からうま》二頭も用意された。

一行は暗いうちに奉行所から出立《しゅったつ》した。

東海道を西に向かい、名古屋から清洲に行き、正五郎の遺骸を探し荼毘にふして、生まれ故郷の美濃山県東光寺に移す。そこは正五郎の妻や息子の小太郎、その妻のお千が眠っている永遠の地だ。

和助とお鈴は何年も訪ねていない。

お香は初めて行く場所だ。

弥吉は長五郎の使いでつい最近訪ねている。それぞれの思いがあるところだ。

実は、青田孫四郎は奉行所を出立する時、勘兵衛に呼ばれて正五郎の遺骸の在り処を聞いた。

秋本彦三郎に拷問された松吉一味が、さすがに遺骸を放置できず、隠れ家の床下に埋めて、清洲の隠れ家を離れたと白状したのだ。

孫四郎はお鈴に、正五郎が急な病《やまい》で亡くなったと告げ、美濃に埋葬《まいそう》すると伝え、遺骸をお鈴とお香には見せなかった。

一行は弥吉の案内で岐阜《ぎふ》に向かい、その隣の山県に入った。

青田孫四郎が、江戸北町奉行米津勘兵衛からの書状を住職に渡すと、幕府の老中の許しがあると明記されていることから、住職は桜の木の北側を掘る許可を出した。

和助と弥吉、お鈴とお香が正五郎の供養《くよう》をしている間に、町奉行所の役人と幾松たち三人が手伝って隠し金を掘り出した。

天正大判金《てんしょうおおばん》三百枚、甲州露一両金《つゆいちりょう》二千枚、慶長小判金七千枚が、叺《かます》に入って埋められていたが、その叺は既に腐っていた。

一万二千両は新しい叺四つに詰め替えられた。

お鈴は、正五郎が残してくれた二百両のうちから、半分の百両を祖父母と父母の眠る東光寺に寄進した。江戸に行けば女が訪ねてくることは難しい遠い地だ。

帰りも道の険しい中山道《なかせんどう》を使わず、岐阜から名古屋に出て、東海道を東へ江戸に向かうことにする。

日頃の労をねぎらう勘兵衛の配慮で、旅に出させてもらった幾松、三五郎、益蔵の三人は、一行の最後尾をブラブラ物見遊山《ものみゆさん》気分で楽し気《げ》に歩いている。

三人ともいい女房を持っているから旅籠の女は厳禁、もっぱら食い気で、宿場の名物をこの時とばかりに食う。

一万二千両の興奮からか、行きより帰りの方がみんな元気がいい。行きと同じで帰りも、疲れるとお鈴とお香は馬の背に押し上げられた。

お鈴は馬の傍についている長兵衛が気になって仕方がない。自分の夫になる人だと思うと胸が熱くなる。

そんな賑《にぎ》やかな一行が奉行所に戻ってくると、勘兵衛は大胆にも一万二千両の中から、慶長小判四千枚を抜き取って奉行所の勘定方に渡した。

「お奉行、四千両とは法外《ほうがい》な？」

半左衛門が、泥棒の上前《うわまえ》をはねる勘兵衛に驚いている。

「少ないか、半分の六千両にするか？」

「四千両でも多いかと……」

「半左衛門、常日頃の同心たちの苦労を考えたことがあるか？」

逆に勘兵衛の得意な説教が始まる。同心の苦労というのが勘兵衛の常套句《じょうとうく》なのだ。

「四千両などお涙金《なみだきん》に過ぎぬ。わしは全部欲しいぐらいだ」

「ぜ、全部はひどい……」

「だから四千両を経費として頂戴するだけだ。半左衛門、わしは相当の悪《わる》だと自覚しておる。泥棒の上前をはねるのだからな。だが、私利私欲はないぞ。幕府に八千両も差し出すのだからな」

半左衛門は無理矢理納得させせられる。冷や汗ものなのだ。幕府から咎《とが》められたらつらいことになるとわかっていた。

勘兵衛は、幕府も同心の三十俵二人扶持が微禄《びろく》だとわかっていると考えている。

老中土井利勝はそんな小さなことで、とやかく言う男ではないと、勘兵衛は常日頃の老中の言動から感じていた。

天下を差配する老中土井利勝は、何が重要かをわかっていると勘兵衛は思う。

奉行所から八千両が江戸城の勘定方に納められた。

翌日登城すると、勘兵衛は土井利勝に呼ばれた。

「天正大判と甲州金が入っていたそうだな？」

「はい、大判金三百枚、甲州金二千枚、慶長金三千枚をお納めいたしました」

「何枚抜いた？」

「慶長金を四千枚ほど、多かったでしょうか？」

老中がにやりと笑う。

「いや、いいだろう。同心たちに使うことになるか？」

「はッ、肝《きも》に銘《めい》じ、そのようにいたします」

五千石の旗本が、百人以上の与力と同心を抱え、盆暮れの挨拶に奉行が気を使っていることを土井利勝は知っていた。

与力と同心は幕臣《ばくしん》であって、奉行の家臣ではない。

本来、幕府が面倒を見るべきなのだ。

三十俵二人扶持はあまりに微禄で、やがて御家人株《かぶ》という同心株を売ってしまう者まで出る。同心は徳川家の直臣《じきしん》の足軽たちなのだ。

幕府が、何万人もいる同心を優遇することはなかなか難しい。よって奉行が幕府に変わって面倒を見る。

ケチな奉行や、配下に冷たい奉行に仕《つか》える同心は不幸だ。

奉行は時々代わるが、同心は幕府の命令の配属だから、配置換えをしてくれとはいえない。家代々同心は同心である。

この年も、勘兵衛は盆に例年通り、与力と同心に反物《たんもの》を配った。

盆暮れの挨拶だけで勘兵衛は年に五百両以上が必要だ。その勘兵衛は、歴代の町奉行の中で最も長く、二十年を超えて町奉行の職にあった。

その間に勘兵衛が与力と同心に挨拶したのは一万両を超える。

家康の命令とは言え、五千石の旗本には大きな出費になった。勘十郎の不始末があって加増は辞退している。

老中土井利勝は、そんな勘兵衛の懐具合もわかっていた。

老中に次ぐ町奉行の重職は、余人《よじん》をもって代えがたいのだ。家康が命じたというだけでなく、勘兵衛は幕府成立の何もない時期に、急拡大する江戸の町を守り抜いた。

その功績は大きい。

土井利勝は勘兵衛の手腕を高く評価している。

まだまだ幕府の体制は不備があると土井利勝はわかっている。もうしばらく勘兵衛に踏ん張ってもらいたいというのが本音のところだ。

家康が慶長八年（一六〇三）に征夷大将軍《せいいたいしょうぐん》の宣下《せんげ》を受けて、ようやく十五年が経って幕府はよちよち歩きを始めた。

百年の大計《たいけい》が花開くのか、それとも蕾《つぼみ》にもならずに立ち枯れてしまうのか、江戸幕府は家康を失って二年、重大な局面になってきている。

将軍秀忠《ひでただ》も不惑《ふわく》の四十歳になった。

その将軍を支えているのが、家康の母於大《おだい》の兄水野信元《みずののぶもと》の三男土井利勝である。家康のご落胤《らくいん》との噂《うわさ》もあった。

江戸幕府が幸運だったのは、幕府成立の初期に、信玄の家臣を大量に使うことができたこと、その後には土井利勝や米津勘兵衛、柳生宗矩《やぎゅうむねのり》のような、実に優《すぐ》れた人材が続々と育ったことである。

中でも土井利勝は幼少期から、家康に鷹狩《たかが》りへ連れて行かれた。いつも傍に置いてわが子以上に家康は利勝を溺愛《できあい》した。

家康は正室の築山殿《つきやまどの》と不仲になった時期で、家康が他の女に手を付けて密《ひそ》かに生まれたのが利勝だと誰もが信じた。

それほど家康に愛された男が利勝で、将軍秀忠より六歳年上だった。

家康の落胤であれば、将軍の兄ということになる。

人柄は率直《そっちょく》にして公平無比《こうへいむひ》、善悪をわきまえ、正面から突っ込んでくる勘兵衛のような男を好んだ。誠意には誠意で答える度量の大きな人物、それが土井利勝という男だった。

第十四章　越中屋《えっちゅうや》お常《つね》

大盗《たいとう》正五郎の事件が解決した。

お鈴は長兵衛の役宅にいて、お香は喜与の手伝いをしている。

和助と弥吉は潮見坂の百姓家に住んで、正五郎に代わってお鈴を見守っていた。

奉行所は、まだ飛猿《とびざる》事件と銀座事件を抱えている。

その目処《めど》は立っていない。

そこにまた新しい事件が持ち込まれた。

正五郎事件の松吉や小三次たちが伝馬町《てんまちょう》に移された後に、奉行所の牢に薬種問《やくしゅ》屋の越中屋《えっちゅうや》徳之助《とくのすけ》の、長男菊太郎《きくたろう》と次男竹次郎《たけじろう》が入れられた。

兄弟二人は不仲で何かと問題を起こすのだが、越中屋徳之助は相手方に金を払って内済《ないさい》にしてきた。

表沙汰《おもてざた》になれば、二人の息子に傷がつくだけでなく、一代で徳之助が築いた薬種問屋越中屋の信用に傷がつく、それでは困ることから大金をはたいて内済にしてきた。

だが、人の口に戸は立てられない。

越中屋の馬鹿《ばか》息子とか、道楽《どうらく》息子などと陰口を叩《たた》かれるようになった。

菊太郎と竹次郎は本来仲のいい兄弟だった。ところがそこそこ色気づいて吉原に遊びに行った。

それがいけなかった。

二人は一緒に花月楼の小夏《こなつ》を好きになってしまった。

それが切欠《きっかけ》で、二人は小夏を争って不仲になると、双方が意地を張って譲《ゆず》るということがない。何事によらず、二人はいがみ合うことになった。

二人は刃物を持ち出して「この野郎ッ、殺してやるッ！」と、刃傷沙汰《にんじょうざた》に及び、仲裁に入った男を傷つける事件を起こした。

越中屋徳之助は早速内済にしようとしたが、相手の男は怒っていてまったく話にならない。二人の兄弟は、奉行所の役人に捕まって入牢《じゅろう》させられ、徳之助は飛んできて、半左衛門にもらい下げたいと願い出た。

兄弟が奉行所に迷惑をかけたのは三度目になる。前の二回は殴《なぐ》った殴られたという話で、半左衛門は二度としませんという約《やく》定書《じょうしょ》を取って二人を親に渡したが、今度は刃傷沙汰で、傷ついた者がいてそうもいかない。

菊太郎は十八、竹次郎は十七で充分罪に問える。

「越中屋、菊太郎も竹次郎も大人だ。分別のできない歳でもない。奉行所に厄介分別のできない歳《とし》でもない。奉行所に厄介《やっかい》をかけるのは三度目だぞ！」

半左衛門は怒っている。

「そこを長野さま、なんとかしていただきたいのでございます」

「今回は刃傷沙汰だ。相手方がひどく怒っているそうではないか？」

「そこをお奉行所のお力で、内済にするようにと相手方に……」

「越中屋、お前は掠《かす》り傷だと言いたいのだろうが、仲裁に入った者を傷つけると は質《たち》が悪いと思わぬか、仲裁とは時《とき》の氏神《うじがみ》ともいう。それを傷つけるなど言語道《ごんごどう》断《だん》！」

越中屋徳之助は半左衛門に叱《しか》られてがっくりだが、徳之助にとって二人のどちらかが跡取《あとと》りなのだ。

徳之助は次男の竹次郎を溺愛《できあい》している。

徳之助の妻お常《つね》が菊太郎を溺愛して、越中屋は後継者をめぐって真《ま》っ二《ぷた》つなのだ。

二人の兄弟の不仲にはそんな事情もあった。

半左衛門は越中屋のことを調べさせて、兄弟の不仲の原因は花月楼の小夏だけではなく、むしろ、徳之助とお常の不仲が問題なのだとつかんでいる。

越中屋は大店《おおだな》だが、家の奥が混乱していた。

兄弟の刃傷沙汰を理由に、越中屋を闕所《けっしょ》にすることもできるが、そういうことを奉行の勘兵衛が好まないことを半左衛門は知っている。

「強引なことをするな。奉行所に対する人々の信頼が離れていくぞ」

勘兵衛の口癖《くちぐせ》だ。

「権威を振りかざして強引なことをすれば、人々は奉行所を恐れるが、信頼はしなくなる」

勘兵衛の信念だ。

「越中屋、わしが調べたところ、あの兄弟のことはそなた一人では駄目《だめ》なようだな。明日はお常を連れて来い」

「大店の主人は大店らしく、町家《まちや》の手本でなければならぬ。人の病《やまい》や傷を治さなければならない薬種問屋が、人を傷つけてどうする。きっとお常を連れてまいれ！」

「長野さま……」

半左衛門は徳之助を怒って帰した。

江戸も将軍が二代目になり、市井《しせい》の町家も二代目になろうとしている。

勘兵衛はその代替わりの難しさを知っていた。勘十郎のことで、勘兵衛は取り返しのつかない失敗をしている。

他人を育てられても、自分の息子を育てるのは容易なことではない。

子は親の鏡《かがみ》とも、子は親の背中を見て育つともいう。

初代は仕事に夢中で妻子を顧《かえり》みない。そうしなければ大きな仕事などできないのも事実だ。

そんな親を子は見ている。

世間的には立派な人と見られている親を、妻子は必ずしもそうとは見ていないことが多いのである。

初代は立派だったが二代目は今一つだとか、三代目になるとやる気がなく駄目になるものだ、などとよく聞く話だ。

江戸はそんな二代目の時代に入りつつあった。

踏ん張ってきた初代が、年を取って疲れてきたのだ。

越中屋徳之助も、後二、三年で隠居してもいい歳なのだ。良い後継者に恵まれれば、四十代で隠居することも少なくない。
七十、八十まで生きられる時代ではなかった。
半左衛門は勘兵衛に、越中屋の仔細《しさい》を報告した。

「越中屋も店を大きくしたが、子育てには失敗したようだな？」

「はい、歳が近いこともあって困った兄弟にございます……」

「わがままに育って世間知らずなのだろう。牢内ではどうなのだ？」

「口も利かないと牢番が申しております」

「強情なようだな？」

「十八と十七ですから、そろそろ分別があってもよいのですが？」

「女の取り合いだったな？」

「表向きはそうですが、根は家督《かとく》争いだろうと見ております」

「調べたのか？」

「はい、三度目ですので調べました。越中屋の中は真っ二つに割れております。その原因は主人の徳之助とその女房お常の不仲と見ております」

「主人夫婦の不仲？」

「そのようです。徳之助は次男竹次郎を溺愛、一方のお常は長男菊太郎を溺愛、それが吉原花月楼の小夏を争って、大喧嘩《おおげんか》をしたということのようです」

「それは厄介だな」

「はッ、奉行所に迷惑をかけるのがこの度《たび》で三度目、少々厳しくしようと考えております」

「そうだな」

「あの兄弟は奉行所をなめております」

半左衛門は、二人の懲《こ》りない兄弟に腹を立てていた。

「明日は越中屋夫婦を呼んでおります」

「そうか。あの兄弟は二人だけか、他に兄弟はいないのか？」

「綾乃《あやの》という十二の妹が一人おります」

「歳が離れているな」

「はい、歳の離れた子はよくあることです」

「うむ、越中屋の身代は？」

「漢方の高価な薬草などもあり、数万両だろうと言われております」

「ほう、ずいぶん大きいな」

「越中屋の信用は、扱う高価な薬草にあります。薬種の品質が良いとの噂です」

漢方の薬草はピンキリで、良い物から粗悪《そあく》なものまで雑多である。越中屋の薬種は高品質だという信用を取ってきた。

それは、高価だが病に効《き》くということだ。薬が効くとなれば売れるのが当たり前である。それで越中屋は大きくなった。

「夫婦の不仲というのが厄介だな」

勘兵衛も、この事件の核心が主人夫婦の不仲だと思う。

翌日になってそのことが明らかになる。

徳之助が連れて来た女房のお常は、半左衛門も手古摺《てこず》るような強情者だった。

年を取った強情な女は煮《に》ても焼いても食えない。

「なぜ息子を放免《ほうめん》しないのか？」

半左衛門に食って掛かる。

「かすり傷ぐらいで内済を断るのは、謝罪の金を釣り上げようとの魂胆《こんたん》だ」

半左衛門がこう言えば、お常はああ言う厄介者だ。何を言っても響かないのだから、さすがの半左衛門も絶句《ぜっく》するしかない。

反省もしていないし、悪いことだとも思っていないのだから困る。

自分は間違っていないという強情者で、傍《そば》の徳之助は沈黙して何も言わない。

女房の言動にあきれ返っている。

何か言えば「あんたが悪いからだ」といわれる。

こういう女は問い詰められると不貞腐《ふてくさ》れる。拗《す》ねる。開き直る。捻《ひね》くれる。聞く耳を持たないのだから始末におえない。

半左衛門はこんな女房でよく頑張ってきたと、徳之助に同情したくなる。破《わ》れ鍋《なべ》に綴《と》じ蓋《ぶた》というが、そんな生易《なまやさ》しいものではない。

悪妻とはこういう女だろうと半左衛門は思う。一言も謝らずに、息子を牢から早く出せと半左衛門に迫る。

謝罪すればまだ可愛《かわい》げがあるが、決して自分の非は認めない。こういう強情な女は見たことがなかった。

最初は怒っていた半左衛門も、あきれ返ってしまう。

勝手に牢へ行って、息子たちを自分で出してしまいそうな勢いなのだ。

そこに勘兵衛が公事場《くじば》に姿を現した。

「お奉行さまのお出ましだ！」

半左衛門が言っても、お常は平然と勘兵衛を見ている。無礼な態度だ。

「お常、頭が高いぞ！」

半左衛門に叱られてようやくお常が頭を下げた。

「お奉行さま、息子たちを解き放ってください」

「お常、わしは誰だ？」

「北町のお奉行ですが……」

「そなたの態度は幕府の重職である奉行に対して無礼であるぞ。神妙《しんみょう》にしてはどうか？」

「それは息子たちを解き放ってくださってからです」

「ほう、強気だな、お常？」

「ふん……」

「聞く耳を持たぬようだな。それでは聞けるようにしてやろう」

お常が勘兵衛をにらんだ。勘兵衛にはお常の強気の原因がわかっていた。幕閣《ばっかく》に多額の賄《まい》賂《ない》を握らせているからだ。

町奉行など、首を挿《す》げ替《か》えられると思っているのだ。

「牢番、その婆《ばばあ》を裸《はだか》にして五十叩《たた》きにしろ。お上《かみ》のご威光《いこう》を侮《あなど》る者は、女でも老人でも許さない！」

「お奉行さまッ、お許しをッ！」

「越中屋、口出しは許さぬ。黙って見ておれ！」

「なにとぞお許しをッ！」

「黙れッ、闕所にしてもいいのか、徳之助？」

徳之助が怒っても無駄だ。嫌がってお常は喚《わめ》き散らすが、勘兵衛は容赦《ようしゃ》しない。お常は勘兵衛が女に手荒なことをしないと高《たか》を括《くく》っていた。

着物をむしり取られ、ビシッと腰のあたりに鞭《むち》が入った。悲鳴が奉行所に響く。半左衛門もそこまでするかという顔で驚いている。

二十叩きにもいかないで、お常が気を失った。

「水をかけろ！」

「お奉行さまッ！」

徳之助も泣き出した。お常のあまりにも惨《みじ》めで無残《むざん》な姿だ。

水をかけられたお常が息を吹き返した。

「お常、無礼を詫《わ》びる気はあるか？」

「チッ……」

勘兵衛が、にらみつけるお常ににやりと笑った。

「打て！」

容赦しない残忍《ざんにん》な勘兵衛だ。ビシッと十叩きほどでまた気を失った。

「水をかけろ！」

乱れた髪が夜叉《やしゃ》のようだ。

「越中屋徳之助、お常を連れて帰れ、駕籠《かご》を使うことは許さぬ。引きずって帰れ。数日後、呼び出しがある。夫婦でよくよく話し合って連れてまいれ。まだ、二十叩きが残っている。出頭しない時は、奉行所の役人が出向き、越中屋の前の路上で二十叩きを行う……」

勘兵衛が徳之助をにらんだ。

「しかと申しつけたぞ。このことはご老中にも申し上げておく、手を打つなら遠慮なく何千両でも積むがよい。効き目はないと心得ろ……」

「お奉行さま……」

「この問題はそなたの落ち度だ。わしに任せれば、越中屋が立ちゆくように考えてやる。それにはお常を神妙にさせることだ。世の中には、小判でもどうにもならぬことがあると教えてやれ、いいな？」

勘兵衛が座を立って奥に消えた。

「雪之丞、越中屋に手を貸してやれ。駕籠は使えないのだから店まで送ってやれ……」

「はッ！」

雪之丞が介添《かいぞ》えをして、お常が徳之助に支えられ、体を引きずるようにして帰って行った。

このことは、お常を見た人の口から広がり噂になった。

「鬼婆《おにばば》が鬼勘に五十叩きされたそうだな？」

「おれは百叩きだと聞いたぞ」

「評判の悪い女だったからな。お奉行に叱られたのであろう……」

「息子もひどい兄弟だったから仕方ないよ」

「鬼婆も少しは懲りるだろう……」

「そうか、懲りるか？」

「懲りなければ闕所だな？」

「闕所？」

「鬼勘はそれぐらい平気でやる。だから鬼勘というんだろ？」

「そうだ……」

翌朝、登城した勘兵衛は、土井利勝に面会を願い出た。越中屋の女将《おかみ》が、勘兵衛にお仕置きされたと利勝に聞こえていた。

「越中屋のことだな？」

「御意《ぎょい》！」

同席したのは老中安藤重信だった。

「本多《ほんだ》さまから今朝、その話があった。そなたから話を聞きたいということだった」

本多とは老中の本多正純《まさずみ》だ。

家康の側近《そっきん》だったことを鼻にかけて、将軍秀忠の言うことを聞かず、その将軍の側近である土井利勝らと対立している。勘兵衛は、その本多正純と越中屋が近いことを知っていた。

勘兵衛が徳之助に、手を打つなら遠慮なくしろと言ったのはこのことだ。

「話をしてみるか？」

「ご老中のお指図《さしず》に従います」

勘兵衛は秀忠の使番《つかいばん》をしていたことから、土井利勝たち将軍の側近に近いといえる。

「会ってみてもよいのではないか？」

「はい、そのようにいたします」

「越中屋の身代は大きいのか？」

「奉行所の調べでは、数万両ほどとのことでございます」

「ほう、大きいな……」

「この度の事件は家督争いと見ております」

「なるほど、身代が大きいと厄介なことも多いのだろう」

「そのように思います」

勘兵衛を信頼している土井利勝は、どうしろこうしろとは言わない。勘兵衛も
その呼吸を心得ている。

その日、勘兵衛は本多正純の部屋に呼ばれた。

正純はぽつんと一人で座っていた。

本多正純はどうしても老中の中で孤立しがちなのだ。正純は家康と正信《まさのぶ》が亡く

なってから江戸詰めになり、二万石加増されて五万三千石になっている。

父親の本多正信は正純に、加増は受けるな。加増を受けると妬《ねた》まれるから、三万石以上の加増は決して受けるなと言い聞かせた。

その遺言《ゆいごん》に背《そむ》いて五万石になった。

やがて十五万石まで加増されて、本多家は滅《ほろ》ぶことになる。

「お呼びによりまいりましてございます」

「うむ、他でもない。越中屋のことだ。あまり手荒なことをされては困る」

「畏《かしこ》まりました」

「二人の息子はどうなっている？」

「入牢中にございます。越中屋は内済に失敗したようでございます」

「それは聞いた。何《な》んとかならないものか？」

「越中屋には、奉行に任せれば悪いようにはしないと伝えてございます。その条件はお常が神妙にすることで、夫婦で話し合えと言い渡してございます」

「ほう、夫婦で？」

「この事件の原因は、越中屋夫婦の不仲にあります」

「夫婦の不仲だと？」

「はい、家督争いにございます。徳之助は竹次郎を、お常は菊太郎を溺愛しております。これまで二度は奉行所も目を瞑《つむ》りましたが、この度は刃傷沙汰で内済もできないとなると、放置もできず厳しくいたしました」

「三度目なのか？」

「御意、ここで処分もせずに放免すれば、幕府のご威光に傷がつきかねない事態にて、お常には小判で解決できないことがあると、教える必要があると考えましてございます。しかし、ご老中のお指図がございますれば、いかようにも手心を加える余地はございます」

「いや、わしから奉行に指図などない。越中屋が立ちゆくように頼みたいだけだ……」

「もとよりそのつもりで考えております」

「そうか、聞くところによると問題のある兄弟のようだな？」

「はい……」

「お常のことを……」

越中屋に泣きつかれたのだろう。さすがの老中も言いにくそうだ。

「承知いたしました」

本多家も三河《みかわ》以来の譜代《ふだい》であり、勘兵衛は正信も正純もよく知っている。その正純は、家康が勘兵衛に江戸を任せた経緯《けいい》を知っているからか、強引ではない。勘兵衛は、越中屋夫婦にしばらく考えてもらうことにした。

親が親なら子も子で、半左衛門に対してまったく反省の言葉を言わないばかりか、何が悪いという態度なのだ。

牢番にも、二人一緒の牢は嫌だから別々にしてくれとか、食い物がまずいなどと言いたい放題で、反省のかけらもない。挙句《あげく》の果てには牢内でも花月楼の小夏の取り合いで罵《のの》り合う。

馬鹿や悪党を扱いなれている牢番も、あきれ返っている。

半左衛門もあきらめて、二人を諭《さと》すこともしない。

こういう手合いは悪党より始末が悪い。聞く耳を持たないのだから、言うだけ無駄《むだ》なのである。

色気づいてくると、男も女も大きく変貌《へんぼう》する。

まず、見た目が別人のように変わり、言葉使いも考えられないほど豹変《ひょうへん》してしまう。蛹《さなぎ》から脱皮《だっぴ》する蝶《ちょう》と同じで、うまく脱皮しないと飛べない。

菊太郎と竹次郎は、その脱皮に失敗した飛べない蝶だった。

羽を直して飛べるようになるのは至難《しなん》である。

勘兵衛は、半左衛門や牢番から兄弟の様子を聞いて、勘十郎のことを思い出し、家康から捨ててしまえと言われたことを思い出す。

子育てに失敗したと思った時には、すべてが終わっていた。勘兵衛は腹を切る寸前まで追い詰められた。

その勘十郎は、北の果て津軽《つがる》に捨てられた。その消息は絶《た》えて久しい。

自分の骨肉を分けた子を可愛くない親はいない。

そこが難しい。

親は駄目な子であればあるほど、何んとかしようと引きずられる。

そういう親子は武家にも少なくない。

辻斬《つじぎ》りに出る子を止められなかったり、酒色におぼれる子を救い出せずに悪徳の道に入るのを見逃せば、武家には改易《かいえき》というお家取り潰《つぶ》しの処分が待っている。

武家諸法度という法によって、幕府は躊躇《ちゆうちょ》することなく改易を断行した。

町家の裁定をするのは町奉行の仕事だった。

第十五章　江戸追放

宇三郎たち内与力《うちよりき》三人は、銀座事件の手掛かりを探し歩いていた。考えられるところは当たりつくしている。

藤九郎は浪人姿で品川宿に現れると、路地裏からお葉の店に入った。するとすぐ店の灯《ひ》が落とされてしまう。

この頃、お葉は藤九郎の子を懐妊したのではないかと思っていた。そのことをお葉は藤九郎に言わない。もし、子ができたなら産もうと考えていた。

お葉が命がけで惚《ほ》れた藤九郎の子である。

藤九郎は滅多《めった》に泊まることはないが、愛する人の子ができたと思うと、お葉も寂しくはなかった。

その藤九郎が、銀座事件で気になっていることがあった。

お葉と品川湊《みなと》から川崎の浜まで行ったあたりから、頭の隅《すみ》にこびりついていることだ。それは、二百貫もの銀をどうやって江戸から運び出したかである。

藤九郎は船しかないと思った。

馬や荷車で運び出すのは目立って危険だ。

二百貫は米一俵十五、六貫として、十二、三俵になる。米一俵は男が持てる重さで、米二俵は馬の背に載せる重さとされていた。

十五、六貫より重くなると相当な力持ちでないと、人力で動かしたり持ち運ぶことは難しくなる。

馬七頭に三十貫ずつ載せて江戸から運ぶのは考えにくい。

一旦、江戸から二百貫の銀を出すには、叺《かます》十三、四個を船で運ぶしか方法がないと藤九郎は思っていた。

品川宿から戻った藤九郎は、川舟を出して京橋川を調べた。

事件からずいぶん日にちが経《た》ってしまったが、何かわずかな痕跡《こんせき》でもいいから残っていないだろうかと思う。

京橋川の右岸を舟で上ってきた。川は下流に向かって左岸、右岸という。

京橋を潜《くぐ》って十四、五間（約二五〜二七メートル）遡《さかのぼ》ったあたりの川底に、叺のようなものが数個沈んでいるのを見た。波が立ってよく見えなかった。

　それを確かめることなく素通りした。

　その夜、勘兵衛の部屋に三人が集まった時、藤九郎は、京橋川の橋の上流に叺らしきものが沈んでいると話した。

「叺が沈んでいるというのか？」

　勘兵衛の顔色が変わった。

「海風で波が立ってはっきりは言えませんが、叺のようなものが数個沈められていると見ました。川を浚《さら》ってみる必要があるかと思います」

「よしッ、すぐ支度《したく》をして京橋川の川浚いだッ！」

　人が集められ、松明《たいまつ》が用意された。

　藤九郎と文左衛門が、川舟を集めるため京橋川に走った。

「喜与、着替えるぞ！」

「はいッ！」

　喜与とお香が勘兵衛の着替えを手伝う。

「馬の支度は？」

「整ってございます」

　宇三郎が細かいことを指図している。

もし、例の銀座事件の銀二百貫が沈められていれば大手柄だ。幕府の面目《めんもく》が保たれる。

決してあってはならないことで、箝口令《かんこうれい》が敷かれ、秘密にされてきた大事件だ。世に出ることのない事件だ。

勘兵衛は馬に乗って、二十人ほどを率《ひき》いて京橋に向かった。

京橋の脇から川に下りて、藤九郎の用意した舟に乗った。川舟は五艘《そう》集められた。それぞれに宇三郎、文左衛門、宿直同心の林倉之助と大場雪之丞が乗っている。

「十四、五間上流の右岸です」

藤九郎の案内で、勘兵衛の乗った舟が動き出した。

「深そうだな？」

「松明だッ、松明を持ってこいッ！」

川面《かわも》にキラキラと松明の灯が反射する。

「この辺《あた》りだ。舟を止めろッ！」

暗い川底は見えない。

「深さは？」

船頭が竿《さお》を川底に立て「五尺（約一・五メートル）でーす！」と、間の抜けた大声で叫《さけ》んだ。

「上げ潮《しお》か、引き潮かッ？」

「上げ潮でーす！」

船頭が勘兵衛に叫んだ。

「潮が引くと何尺下がるか？」

「間もなく下げますが、今夜は小潮ですから一尺（約三〇センチ）ちょっとでーす！」

「四尺（約一・二メートル）か……」

藤九郎は潮が下げるまで待てないと思った。

「船頭、泳げるか？」

「漁師ですから泳げますが？」

「よし、ここに潜《もぐ》って、沈んでいる叺を引き上げろ。叺が腐っているかもしれない。丁寧に引き上げろ！」

「あっしが川に入るんで？」

「そうだ。船頭が五人いる。他にも泳げる者は川に入れ！」

「藤九郎、ちょっと待て、叺が腐っていると中のものがこぼれて川底に沈んでしまう。探すのに厄介だ。叺を水の中で戸板に載せてから引き上げよう」

「承知いたしました。戸板を探してこい！」

藤九郎が岸にいる小者たちに命じた。

その戸板が運ばれてくると、船頭たちが次々と川に入り、戸板を沈めると、その上に叺を載せて次々と引き上げた。

うまい具合に叺はさほど腐ってはいなかった。

それでも引き上げには慎重だ。川底にこぼれ落ちたら探すのに一苦労である。

勘兵衛が叺の中を確かめると、確かに銀だった。

「宇三郎、老中土井さまのお屋敷に行って、発見したものを検分《けんぶん》してほしいと申し上げて、この先の指図をお願いしてくるように……」

「畏まりました！」

「わしの馬を使え……」

「はい！」

宇三郎は岸に上がると、老中土井利勝の屋敷に馬を走らせた。

利勝は銀発見の知らせに飛び起きた。寝衣のまま玄関まで出てきて、異例のことだが、平伏した浪人姿の宇三郎に声をかけた。

「そなた町奉行の家臣か？」

「内与力にございます」

「顔を見せろ……」

「はッ！」

「浪人姿とは苦労したようだな。大儀《たいぎ》である」

「有《あ》り難《がた》きお言葉にございまする。主人より銀の検分と、この先のお指図をとの願いにございます」

「わかった。これからわしが出向く、銀座の役人を同道する。どこに行けばよいのだ？」

「主人は京橋におります」

「そうか。すぐ行くと伝えておけ！」

「畏まってございまする！」

宇三郎は、土井屋敷を飛び出すと京橋に向かった。

自ら乗り出してこられるとは、老中もよほどうれしいのだろうと宇三郎は思う。あきらめかけていた探索が実ったと思った。

宇三郎が京橋に戻って四半刻もすると、馬に乗った土井利勝が、銀座の役人や登城するための家臣団を率いて橋の上に現れた。

勘兵衛は、叺から銀塊《ぎんかい》を一本抜きとると、舟から降り、藤九郎を連れて橋の上に走って行った。

「お出ましいただき恐れ入ります」

銀塊を利勝に差し出した。

「間違いないな？」

「はい、ほぼ全部引き上げたと思われますが、念のため川浚いを命じております」

「これは上《うえ》さまに披露《ひろう》する」

そういうと銀塊を懐《ふところ》に入れた。

「在り処を発見した青木藤九郎にございます」

「藤九郎、大儀であった。そなたも奉行の内与力か？」

「御意にございまする！」

「良く探し当てた。内与力は二人か？」

「恐れながら、三人にございます」

「もう一人は？」

勘兵衛が宇三郎と文左衛門を呼んだ。

「三人とも大儀であったな。その恰好《かっこう》を上さまに申し上げておく、ご苦労であった」

「恐れ入り奉《たてまつ》りまする」

宇三郎が挨拶《あいさつ》して、三人が橋の上で、馬から降りた土井利勝に深々と頭を下げた。

「川浚いが済んだら、一旦《いったん》、北町奉行所に荷を運び、数を確認してから銀座に引き渡すようにいたせ……」

土井利勝は、北町奉行所の手柄だと強調したいのだ。銀座の間抜け役人どもと、怒りの気持ちがある。老中の心痛は並々ならぬものがあった。

あきらめて、将軍に申し上げようと思ったことすらあったのだ。

橋の上には、あの森本鉄太郎の姿があった。宇三郎は、目付《めつけ》か大番組《おおばんぐみ》と思っていたが、老中土井利勝の家臣だった。

森本鉄太郎が宇三郎を見て、よかったというようにニッと微笑《ほほえ》んだ。

夜が明けてきていた。

川の中にはまだ何人かが入って叺を探している。引き上げられた叺は戸板に載せられて、順次北町奉行所に運ばれて行った。

銀座から消えた叺のままであることが判明した。

土井利勝は、いつもよりだいぶ早いが、登城のため京橋から消えた。

奉行所に運ばれた銀塊は、銀座の役人によって数を確認、新しい叺に詰め替えられて、荷車で銀座に運ばれて行った。

巳《み》の刻(午前九時〜一一時頃)に勘兵衛が登城すると、土井利勝に呼ばれた。

勘兵衛は土井利勝に連れられて、将軍の表御座所に行き、目通りを許された。

「勘兵衛、久しぶりだな?」

「はッ、お目通りを賜《たまわ》り恐れ入り奉りまする」

「今朝《けさ》、老中がうれしそうな顔で銀塊を持ってきたぞ」

「京橋川から引き上げましたものにございます」

「全部引き上げたのか?」

「はい、引き潮を待ちまして、すべて見つけましてございます」

「どんな犯人だと思う?」

将軍秀忠も、銀座が破られたと聞いて心配していたのだ。

「泥棒の腕試しをしたのではないかと考えております」

「そうか、銀座を破ったと自慢したいということだな？」

「はい、江戸から運び出さなかったところから、そのように考えましてございます」

「老中はどう思う？」

「町奉行の申した通りかと思いまする」

「なるほどな……」

将軍は捕らえろと言わない。言えば勘兵衛の手足を縛《しば》ることになるからだ。そんな狂言《きようげん》好きな泥棒にかかわっている暇《ひま》はないということだ。

「老中、その三人の内与力に褒美《ほうび》を出してはどうか？」

「有り難きお言葉にございまする。仰《おお》せの通りにいたします」

「勘兵衛、町奉行になって長いが、権現《ごんげん》さまの命令ゆえ、死ぬまでやってもらうぞ？」

「はッ、身命《しんめい》を賭《と》して相努《あいつと》めまする」

将軍への目通りは四半刻ほどで終わった。異例の長さだ。将軍も心配していたことだけに、大問題が解決して機嫌がよかった。

勘兵衛が将軍の御前から下がると、珍しいことに、幕府から褒美の金子《きんす》が出た。

「ところで、越中屋の件はどうなっている？」

「はい、なかなか難しいことになっております」

土井利勝にそう答えた勘兵衛は、一つの考えを持っていた。

「ご老中にご相談を申し上げたい儀《ぎ》がございますが？」

「そうか、聞こう」

勘兵衛が連れて行かれたのは、安藤重信の部屋だった。

利勝は一対一で話を聞くことはない。必ず他の老中を同席させることにしている。老中の判断が重大な結果をもたらすことがあるからだ。

江戸幕府の刑罰は複雑だった。

やがて八代将軍吉宗《よしむね》の時に、公事方御定書《くじかたおさだめがき》が、老中、勘定奉行《かんじょう》、寺社《じしゃ》奉行、町奉行などによって編纂《へんさん》される。

「越中屋の兄弟には、十年の江戸払《ばら》いを申し付け、二人が世間に出て改心するのを待ちたいと思いますが？」

「追放か？」

「はい、二人のうち一人でも改心して戻れば許しますが、二人とも戻らない時には、娘に婿《むこ》を取るということにございます」

この後の公事方御定書には追放刑が六段階に規定される。

重追放、中追放、軽追放は江戸十里（約四〇キロ）四方追放、江戸払い、所払《ところばら》いである。

この時の勘兵衛の江戸払いは、この後の公事方御定書では、江戸十里四方追放に等しいものだった。

後の江戸十里四方追放の考え方は、戦国期の追放刑を引き継いだもので、武家の奉公構《ほうこうかまえ》に等しいものだった。それが江戸十里四方、すなわち日本橋から半径五里（約二〇キロ）以内を、お構い場所として立ち入ることを禁止した。

「京や大阪で修行させるということにしたいと考えます」

「そうか、上方へ追放か？」

「二人を江戸に置いておくのは危険と考えました。この度の刃傷沙汰が我慢の限界にございます」

「説得できるのか？」

「本多さまにはこれから申し上げるつもりにございます。徳之助とお常には闕所で脅《おど》します」

「そうか……」

土井利勝と安藤重信が納得した。

勘兵衛は本多正純にも、二人の兄弟の江戸追放で押し切った。

「江戸に置いておけば、越中屋を闕所にしなければならなくなります。それは、町奉行の望むところではありません。早めに手を打たないことには、越中屋が消えることになります。なにとぞ、ご理解を賜りたく願い上げまする」

正純に正直なところを申し上げた。

「兄弟はそんなに悪いか？」

「おそらく、江戸追放後もよほどの人物と出会わない限り、立ち直ることは難しいと見ております。どこで誰と出会うかは本人の運にございます」

「そこまでか……」

「ご老中に何かお考えがあれば、そのようにいたしますが？」

「それはない。越中屋が残ればいい……」

「はい、そのようにいたします」

「見通しはどうだ？」

「残念ながら、二人とも無理かと思います」

「そんなにか？」

「はい、あの二人を越中屋から切り離さないことには、親子とも共倒れになると考えましてございます」

「なるほど、相分かった……」

勘兵衛は、越中屋を救う道はそれしかないと思っている。江戸で一、二を争う薬種問屋を、みすみす潰すことは得策ではない。

徳之助とお常がどう考えるかだが、勘兵衛は二人を脅してでも納得させるつもりだ。

「それでは失礼をいたしまする」

本多正純の部屋を辞《じ》すると、勘兵衛は下城した。

何かと忙しい朝だった。

銀座事件が解決したことは、北町奉行所の大きな手柄である。

翌日、勘兵衛は越中屋徳之助とお常を奉行所に呼んだ。お常は残りの二十叩きを恐れてビクビクしている。

毒気《どくけ》が抜けて、白い顔が幽鬼《ゆうき》のようだ。

勘兵衛は、既にこの夫婦の不仲の原因をつかんでいた。娘の綾乃が生まれて間もなく、徳之助が浅草に女を囲ったのだ。それを知ったお常が烈火《れっか》のごとく怒った。

生来《せいらい》、悋気《りんき》の激しい質《たち》で、徳之助を殺そうとしたこともある。

奉行所の同心が、すべて調べ上げていた。

勘兵衛は半左衛門と公事場に出たが、そのことには触れない。夫婦の問題で、触れれば厄介なことになる。

「越中屋徳之助とお常に、前もって知らせておくことがある。菊太郎と竹次郎の処分だが、城中で話し合いの結果、不始末につき、越中屋を闕所にするべきとの意見があった」

「お、お奉行さま！」

「なんだ？」

「闕所ばかりはなにとぞ、ご勘弁《かんべん》を！」

「越中屋、最後まで話を聞け。菊太郎と竹次郎の二人を十年間の江戸払いにすることを条件に、闕所だけは免《めん》じるべきだとの考えが披露され、主人夫婦がそれを受け入れるなら、不始末の罪は問わぬことになった」

「息子二人を江戸払いに？」

「そうだ。京と大阪あたりで薬種の修行をさせ、改心して江戸に戻れば、十年後には江戸入りを許すということだ」

「十年でございますか……」

「十年などすぐだぞ越中屋。立派になって戻ると思えば楽しみではないか……」

「もし、戻らない時には……」

「越中屋、そなたには綾乃という娘がいるというではないか？」

「それでは婿を？」

「そうだ。綾乃がいたことを幸運だと思え、何はさておいても越中屋を残すことが大切なのではないか、闕所でいいというならそのようにするが？」

「闕所は……」

「ものになるかならぬか、一度、兄弟を世間の風に晒《さら》してみることだ。これはお上の恩情である。よくよく考えて返答いたせ……」

「承知いたしました」

「越中屋、一つ忠告しておくことがある。息子二人がいなくなるのだ。浅草界隈《かいわい》をうろうろしないで仕事に励《はげ》め、綾乃のためにな？」

勘兵衛の一撃が、徳之助の脳天を砕《くだ》いた。すべての責任はお前にあると勘兵衛は言ったのだ。お常が驚いて勘兵衛を見る。

「恐れ入りましてございます……」

「お常、もう一人子を産んでみろ、わしは五十になってから一男三女を作ったぞ。踏ん張ってみろ、奉行に女の意地を見せてみろ、命令だ……」

お常がうつむいた。

勘兵衛が座を立って奥に消えると、徳之助とお常が庇《かば》い合うようにして奉行所から出て行った。

同時に二人の息子を失うことになって、夫婦は自分たちの失敗に気づいたのだ。勘兵衛の言う通り、娘の綾乃がいてくれたことが幸運といえる。

そのことに二人は気づいた。

数日後、越中屋徳之助とお常が現れ、お上の決定に従うと申し出た。

「お奉行さま、息子に会うことはできましょうか？」

「それは無理だ。江戸から追放されるのだから、二人が品川宿で密《ひそ》かに見送ることは許すが、姿を見せることは許さぬ。兄弟が戻って来ては困るからだ。処分に従わず戻ってくれば、よくて遠島《えんとう》、暴れたりすれば斬首になる」

「持ち物はどのように？」

「奉行所が預かって渡せるが、多くは駄目だぞ……」

「承知いたしました」

徳之助とお常はすっかり観念している。

翌日、菊太郎が砂利敷に引き出され、十年間の江戸追放処分を言い渡された。嫌がったが、処分に従わず江戸に戻れば、遠島か斬首だと勘兵衛から申し付けられた。

先に菊太郎が品川宿から東海道に追放され、半月後に竹次郎が内藤新宿から甲州街道に追放された。

この兄弟は改心しなかった。

兄の菊太郎は大阪で喧嘩の末に殺され、竹次郎は盗賊に身を落とし、京で捕縛《ほばく》され六条河原《ろくじようがわら》で処刑される。わずか四年の間のことだった。

その間に、お常が女の子を産んだ。

第十六章　天皇と将軍

夏の終わりに大山《おおやま》お礼詣《まい》りが行われた。

大山阿夫利《あふり》神社の霊験《れいげん》があって、浅草二代目鮎吉の正蔵の妻の小梢《こずえ》と、柏尾《かしお》の佐平次《さへいじ》の妻のお芳《よし》が子を産んだ。そのお礼詣りである。

正蔵と小梢、お昌《まさ》と金太《きんた》、お千代と益蔵、七郎《しちろう》とお繁、幾松とお元《もと》、それに正蔵の配下が十人の大所帯《おおじょたい》である。

案内は柏尾の佐平次とお芳だった。

霊験があらたかであるとなれば、誰でもお参りしたくなる。ご利益《りやく》に与《あずか》りたいのが人情である。

賑《にぎ》やかな大山お礼詣りになった。

浅草から舟で品川湊に向かって旅が始まった。

この頃、仕官を求めて、七十歳の巌流小次郎《がんりゅうこじろう》を卑怯《ひきょう》な手段で、滅多《めった》打ちにして殺した新免武蔵《しんめんむさし》は長く江戸に留まった。

だが、仕官の声はかからない。この江戸での武蔵のことは、吉原の惣名主《そうなぬし》庄司甚右衛門が青楼年暦考《せいろうねんれきこう》に書き残した。

元和《げんな》四年（一六一八）秋になって、京の朝廷で大事件が勃発した。

将軍家は、将軍秀忠とお江《ごう》の間に生まれた五女和姫《かずひめ》を、一〇八代後水尾《ごみずのお》天皇の皇后《こうごう》にするべく朝廷に働きかけ、入内《じゅだい》することが決まっていた。

ところが、十月五日に後水尾天皇に第一皇子賀茂宮《かものみや》が誕生する。生母は典侍《てんじ》の四辻与津子《よつつじよつこ》だった。

これに将軍秀忠とお江が激怒、和姫十二歳の入内が延期されることになった。

この事件はこれで収まらなかった。

翌元和五年（一六一九）には、同じ四辻与津子が、賀茂宮の妹梅宮《うめのみや》を産むに至り、前年に入内を延期させた将軍秀忠の怒りが爆発する。

将軍秀忠は、四辻与津子の振る舞いを宮中の不行跡《ふぎょうせき》であるとして、権大納言《ごんだいなごん》万里小路充房《までのこうじあつふさ》を丹波篠山《たんばささやま》に配流《はいる》、与津子の兄四辻季継《すえつぐ》を豊後《ぶんご》に配流、堀河康胤《ほりかわやすたね》、土御門久脩《つちみかどひさなが》らを出仕停止にするなど強行する。

これに後水尾天皇が憤慨《ふんがい》して退位しようとする。幕府から藤堂高虎《とうどうたかとら》が使者として派遣されると天皇を恫喝《どうかつ》、与津子の追放、出家や、和姫の入内を強要する。

その結果、二年後の元和六年（一六二〇）六月に和姫の入内が実現した。

天皇家は名前が濁《にご》ることを嫌うため和子《まさこ》と改める。

入内が実現したことに満足した将軍秀忠は、処罰した者たちに大赦《たいしゃ》をするよう天皇に強要した。幕府は朝廷には強引だった。

それは裏返せば、朝廷の権威を恐れていたということにもなる。

禁裏《きんり》から追放された与津子は落飾《らくしょく》、出家して明鏡院《めいきょういん》と称《しょう》し嵯峨《さが》に隠棲《いんせい》したという。

与津子の産んだ賀茂宮は五歳で薨去《こうきょ》、和子の産んだ興子内親王《おきこないしんのう》が明正《めいしょう》天皇として即位することになる。家康の血を引く女帝だった。

和子は後水尾天皇の第二皇子高仁《すけひと》親王を産むが、三歳で薨去してしまう。

二代将軍秀忠は、家康が亡くなり東照大権現《とうしょうだいごんげん》となって二年、自分の権力の確立に全力を傾注《けいちゅう》していた。初代の権現さまと違うのは当たり前だ。

だが、二代目は駄目だとは言わせない。

将軍をなめたような振る舞いをする者には、たとえ一天万乗《いってんばんじょう》の天子《てんし》であろうとも容赦はしない。天下静謐《せいひつ》の大権《たいけん》は将軍にあるのだ。

江戸幕府の維持のため、徳川家の繁栄のためには何んでもする。

それが将軍秀忠以下の幕閣の考えだった。

幕閣の考えを主導するのが、権現さまのご落胤《らくいん》と噂される、老中土井利勝である。

和姫の入内が進められている時に、典侍の四辻与津子がそれを拒するように、第一皇子を産んだことは、将軍を軽視するものだと怒った。

天皇の子が中宮以外に生まれることはごく当たり前なことだが、和姫の入内が実現しそうな時だっただけに、その時期があまりにもよくなかったといえる。

与津子に対する天皇の寵愛《ちょうあい》がそれほど深かったともいえるが、幕府が禁中《きんちゅう》並《ならびに》公家諸法度《くげしょはっと》などによって、一方的に朝廷を締め付けることへの反発も考えられた。

そうであれば甘い顔はできない。

将軍秀忠は、一歩も譲らない強硬手段に出た。

天皇の権威と将軍の権力の激突である。和姫の入内には、そんな裏面の暗闘があった。それが表面化したのが、四辻御寮人《ごりょうにん》事件だった。

家康が亡くなって二年という、幕府にとって権力維持が微妙な時期でもあった。

「なめた真似《まね》をしやがる！」

将軍だけでなく、幕閣が怒るのも当然だった。

後水尾天皇は二十三歳で典侍を寵愛すれば子ができるのは当然で、幕府との対決など考えていなかったのかもしれない。

天皇と和子の間には皇子が二人、皇女が五人生まれている。その七人を含めて、後水尾天皇には皇子が十九人、皇女が十七人誕生する。

応仁《おうにん》の乱以来、天皇家が困窮《こんきゅう》すると、天皇の子は少なくなる。

応仁の乱が勃発した後花園《ごはなぞの》天皇は一人の皇子に三人の皇女で、その唯一の皇子が後土御門《ごつちみかど》天皇だった。

その後土御門天皇は五人の皇子に五人の皇女、後柏原《ごかしわばら》天皇は六人の皇子に二人の皇女、後奈良《ごなら》天皇は三人の皇子に七人の皇女、正親町《おおぎまち》天皇は一人の皇子に六人の皇女と、十人以内の皇子と皇女で、天皇の子としてはあまりに少ない。

ところが信長《のぶなが》、秀吉《ひでよし》、家康の時代になり、天皇家の困窮が徐々《じょじょ》に解消されて、皇子と皇女が増えてくる。

正親町天皇の唯一の皇子だった誠仁《さねひと》親王は、信長に大切にされ、六人の皇子に九人の皇女、その子の後陽成《ごようぜい》天皇は秀吉に大切にされ、十三人の皇子に十二人の皇女と多くなる。

応仁の乱後、天皇の子は後花園が四人、後土御門が十人、後柏原が八人、後奈良が十人、正親町が七人だったのが、誠仁が十五人、後陽成が二十五人、後水尾が三十六人というように、天皇家の石高《こくだか》が安定すると、天皇の子も多くなるようだ。

天皇の子が激減するほど、戦国乱世は過酷な時代だったともいえる。

明正天皇は女帝だったため、未婚で子は産まなかった。

そんな安定した天皇家だったはずだが、八代将軍吉宗の頃になると、桜町《さくらまち》天皇が一男二女、桃園《ももぞの》天皇が二男、後桜町《ごさくらまち》天皇は女帝で未婚のため子がなく、次の後桃園《ごももぞの》天皇も一男一女と極端に天皇の子が少なくなる。

江戸期の天皇家は安定して子は多かったが、この時期は極端に天皇の子が少ない。

おそらく女帝の後桜町は七十四歳と長寿だったが、桜町は三十一歳、桃園は二十二歳、後桃園も二十二歳と短命だったからだと考えられる。病弱だったのかもしれない。

ちなみに明治大帝《めいじたいてい》は皇后との間に子はなく、五人の典侍に五人の皇子と十人の皇女をもうけた。だが、残念なことに大帝の子は夭折《ようせつ》することが多かった。これは典侍たちが使う白粉毒《おしろいどく》によるものではないかと思われる。

その典侍は律令制《りつりょう》からの官職だったが、大典侍《おおすけ》や勾当内侍《こうとうのないし》など、典侍制度が大正期《たいしょう》にはなくなり、事務女官としての典侍が残るのみになる。

厳しく言えば、一人の皇后が産める皇嗣《こうし》には限りがあり、中には皇嗣を産めない皇后も出てくる。

一天万乗の大君の存在は、国の存立の礎《いしずえ》である。内々《ないない》に密やかに典侍の復活があってもよいと思う。人は一人しか愛せないわけではない。

よくよく考えてみると、一人が一人しか愛してはいけないというのは変だ。人々はもっと自由に生きているように思う。

将軍の子も夭折することが多かった。

これも大奥の女たちが使う白粉の毒のせいだったのではないかと思われる。

江戸時代はおおらかで、生きるのに忙しい時代だったように思う。働くことが美徳とされ、働かない者は食えない時代だった。

誰もが命を削《けず》って働いていたように見える。

働かずに口を開けている鈍間《のろま》など一人もいない。乞食《こじき》まで忙しく歩き回り働いた時代だったように思うと、江戸の人々すべてが愛《いと》おしくなるではないか。

北町奉行米津勘兵衛は老中とも近いため、幕府の動きもよくわかっている。

一方で、江戸の市井を預かって司法と行政を行う立場があり、江戸の細かなところまで人々の息づかいまでも感じていた。

特別な立場にいる唯一の人物だった。

それも幕府成立の翌年から家康に命じられた仕事である。

過酷だが、将軍秀忠から死ぬまでやれと言われては、おちおち寝ていることもできないと思うが、大きな栄誉でもある。

そんなある夜、喜与が勘兵衛の褥《しとね》にきた。

「どうした？」

「ええ、殿さまは気づいておられますか？」

「何んだ？」

「塩浜《しおはま》のお松《まつ》のことです」

「おう、そういえば今年はお松を見かけないな」

「そうなんです。いつもは暑くなると必ず塩を届けに来るのに、どうしたことか今年は見えません。病などでないといいのですが?」

「そうか、お松は何人子を産んだのだ?」

「確か、六人ではないかと思います」

「毎年来ているお松が来ないとは、少々心配なことだな……」

「ええ……」

「調べてみるか?」

そういいながら勘兵衛が喜与の腕を引いて抱き寄せた。立て続けに一男三女を産んでから喜与は懐妊しなくなった。

「殿さまは気づいておられますか?」

「まだ何かあるのか?」

「ええ、お登勢殿が少し屈託《くったく》のあるような……」

「なんだ。屈託というのは?」

「殿さまは、女の屈託がなにかおわかりかと?」

「女か?」

「ええ……」

「まさか、あの堅物《かたぶつ》の藤九郎に女か?」

「そのまさかではないかと。堅物ほど惚れやすいとも聞きます」

「そうか……」

勘兵衛が喜与を抱きしめた。勘兵衛は相変わらず喜与が可愛い。まだまだ子ができてもいいと思っている。

溜池の屋敷に産みっ放しの喜与なのだ。月に一、二度子どもたちの顔を見に行くが、泊まらずに奉行所に帰ってくる。その護衛は宇三郎、藤九郎、文左衛門の剣客三人だ。

「お登勢にそれとなく聞いてみろ、何も言わないだろうが……」

「ええ……」

喜与は米津家の奥向きのことには細々《こまごま》と気を配っている。

勘兵衛に喜与がお松の話をして数日後、噂をすれば影が差すというが、若い衆三人に荷車を引かせて、お松が奉行所に塩を運んできた。

「いつもありがとう……」

喜与がお松を座敷に上げた。

「長吉《ちょうきち》さんは？」

いつも一緒に来るお松の亭主の長吉の姿がない。

「どうしたの、長吉さんが病気じゃないんでしょうね？」

「それが……」

お松がポロポロと泣き出した。

「泣かないで話してごらんなさい……」

「奥方さま……」

喜与は女だと直感した。

「長吉さんに女の人ができたの？」

お松がコクッとうなずいた。

「どこに？」

「木更津です」

「まあ、そんなところに、どんな人？」

「わかりません……」

「名前はわかるの？」

「漁師の伝八《でんぱち》さんの話だとお華《はな》とか……」

お松が泣くのをやめて怒った顔で言う。それでもしゃくりあげてまた泣きそうになる。

「半月も帰ってこないの……」

そういうとまた泣き出した。

「半月も家に帰らないとはひどい！」

喜与が怒った。

「六人も子を作っておきながら、放り投げるとは許しません」

「あの、ここにも……」

お松が困った顔で自分の腹を指さす。

「ん、そこにできているの？」

「七人目……」

喜与が唖然《あぜん》とお松を見つめた。するとお松が泣き出す。

「ひどい！」

本気で喜与が怒った。

「もう、許しませんから、帰らなければ斬《き》ります！」

「えッ……」

「家に帰らなければ斬り捨てます！」

怒らない喜与が憤慨して本気で怒っていた。長吉はなんとひどい男だと思う。毎年、お松と一緒に顔を出していただけに、あのやさしそうな顔が許せない。

「き、斬るのは……」

「困りますか?」

「それが……」

「お松さん、そういう甘い顔をするから長吉さんはつけあがるのですよ」

「そうですけど……」

「家に帰るか、斬られるか、二つに一つです。米津家には強い剣士が揃《そろ》っていますから……」

「あの、首に縄《なわ》をつけて引いてくるのは?」

「縄をほどいて戻りますよ。男というものはそういう懲りない者なのです」

「そうですけど、斬るのは……」

「お松さん、覚悟しなさい!」

喜与が長吉を斬るといってお松を唆《そそのか》している。そうしないと長吉は戻ってこないと喜与は思っていた。

二人が話しているのを傍でお香が聞いている。

そこに勘兵衛が下城して帰ってきた。

「おう、お松ッ、元気か？」

勘兵衛の顔を見たお松がワーッと泣き出した。

「お松、泣くのをちょっと待て、着替えるから……」

「はい……」

そういうと、お松が勘兵衛の着替えを手伝う。お香がニコニコそんなお松を見ている。

「長吉だな？」

「そうです……」

「女か？」

喜与が答える。

「そうです……」

「お松、長吉を包丁で刺し殺せ、わしが許す。どうせ、良からぬ女に引っかかったのだろう。塩田《えんでん》の若旦那《わかだんな》だから、小判がザクザクだと思っている悪い女だ」

「殺したくないんだそうです。お腹に子がいるそうで……」

「そうか、それは困ったな」

着替えが終わると、勘兵衛はいつもの座に座って銀煙管《ぎんギセル》に煙草《たばこ》を詰めた。

「木更津の人だそうです」

喜与が怒っている。

「ほう、海の向こうの女か？」

「半月も家に帰ってこないそうで……」

「なるほど……」

お松がまた泣きそうになった。腹に子どもがいて気持ちが複雑なのだ。

「泣くなよお松、わしが何んとかしてやるから……」

「殿さま、家に帰らなければ長吉さんを斬ってください」

「うむ、わかった。木更津の女か……」

その日、お松は、長吉が本当に斬られるのではないかと心配して塩浜に帰って行った。

夜になって、勘兵衛が藤九郎を呼んだ。

「藤九郎、木更津に行ってお華という女を調べてきてくれ……」

「木更津のお華？」

「今日、塩浜のお松が来て泣くには、長吉が木更津の女に引っかかっているようなのだ」

「お松の亭主の長吉ですか？」

「うむ、そのお華という女なんだが、わしの勘では相当な悪だ。女房のいる男を半月も家に帰さないというのだから、何か癖《くせ》のある女だな」

勘兵衛は、お松の話からお華の正体を感じ取っていた。

塩浜の大きな塩田の若旦那が、半月も家に帰らないというのは尋常《じんじょう》ではない。

「塩浜の湊に、船頭で伝八《でんぱち》という長吉の友だちがいる。その男から当たってみれば、お華がどんな女かわかるだろう」

「承知いたしました」

藤九郎は、三人の内与力の中で比較的自由な立場にいる。

宇三郎は半左衛門と一緒に勘兵衛の補佐役をしているし、文左衛門は勘兵衛の登城の行列の差配をしていた。

藤九郎にはこれといって決まった仕事はない。

無類の剣の使い手だけに、勘兵衛は自由な立場で藤九郎を使っている。

役宅に戻ると、藤九郎はお登勢に浪人の衣装を出させた。

「上総《かずさ》の木更津まで行くことになった。数日、帰れないと思う」

「はい、お気をつけになられて……」

「うむ……」

藤九郎は探索の内容は言わない。その夜、藤九郎はお登勢を抱いた。

武家の妻として非の打ちどころがない。思慮深く、何ごとにも慎《つつし》み深いお登勢は、お滝のように騒いだりしない。

お登勢とお葉は似たところがあった。

男はそういう似た女を好きになるか、逆に、まったく似ていない女を好きになるか、そんなところが相場のようだ。

お登勢は決して愚痴《ぐち》や泣き言を言わない強い女だった。

第十七章　君《きみ》さらず

翌朝、藤九郎は暗いうちに奉行所を出て、行徳《ぎょうとく》の塩浜に向かった。

伝八と会って話を聞いてから木更津に渡ろうと考えた。奉行が言うように何かわからないが、木更津のお華という女には犯罪の匂いがする。

塩浜の行徳屋《ぎょうとくや》は大きな塩田を持ち、身代は相当に大きいはずなのだ。狙《ねら》われる可能性は充分に考えられた。

長吉が、質《たち》の良くない女に引っかかったのだろうと藤九郎は思う。

塩浜の湊に着くと伝八はすぐ見つかったが、ずいぶん前のことで、伝八は藤九郎のことを忘れていた。まして藤九郎は浪人に変装している。浜の船頭に浪人の知り合いなどいない。

「塩浜には腕のいい船頭がいると聞いてな……」

「恐れ入りやす。伝八とはあっしのことで、どちらまで？」

「その前に一つ二つ聞きたいことがある」

「へい、何んなりと……」

伝八は以前、逃がそうとした盗賊が追い詰められ、人質にされて腹に匕首《あいくち》を当てられたが、海に飛び込んで助かったことがある。

そのことを藤九郎は鮮明に覚えていたが、伝八は浪人に心当たりがない。

「木更津にお華という女がいるそうだが、どんな女だ？」

伝八の顔が曇《くも》ったのを藤九郎は見逃さない。

「知っているようだな？」

「知らねえ、そんな女のことは知らねえ……」

「伝八、お前は嘘の言えない男のようだな。顔に知っていると書いてある。おれをなめるんじゃねえぞ」

藤九郎が伝八に凄《すご》んだ。

「お武家さまは誰なんで？」

「おれは青木藤九郎という浪人だ。お華はいい女だと聞いてな、会ってみたいと思ったんだ」

「旦那、そりゃよくないや、よした方がいいですよ……」

「どうしてだ？」

「どう聞いてこられたか知らないが、お華は浜の栗《くり》なんですよ」

「浜の栗？」

「へい、砂の中にいる貝の蛤《はまぐり》のことで……」

「どういうことだ？」

「浜栗のお華という女で、旦那は、偉い人たちの遊びで貝合わせというのをご存じで？」

「ああ、知っている。貝の蛤を合わせる遊びだ。それがどうした？」

「その蛤は、合わさるのが一つしかないんだそうで？」

「そうだ。だから貝合わせという遊びができたということだ」

「お華はその蛤なんで、ぴったり合う男が一人しかいないということなんですよ」

「ほう、それで浜栗のお華か、うまいことを言うもんだな。そのぴったり合う男が長吉だというわけか？」

「旦那、どうしてそれを！」

「伝八、その浜栗のお華に会わせろ……」

その瞬間、藤九郎の剣が鞘走《さやばし》った。伝八の股引《ももひき》の紐《ひも》がプツンと切れた。伝八は呆然《ぼうぜん》と立っている。恐怖で動けない。

「次は褌《ふんどし》を斬る。その次はわかっているな？」

「だ、旦那、手荒なことは……」

乱暴者の伝八が、恐怖で二歩、三歩と後ずさりし、砂に足を取られて転んだ。

「お華に会わせるか？」

「あわ、会わせやす！」

「わしの剣は人を斬るのが好きでな。これまでに二十人は斬った。刃こぼれ一つしていないぞ。わしの腕も相当なものだ。覚えておけよ伝八……」

あまりの恐怖に、腰を抜かさんばかりの伝八が何度もうなずく。

「わかればいい、さて、木更津に行こうか？」

「へ、へい……」

伝八は口ごたえ一つしなくなった。

藤九郎を乗せた船が、海に浮かんで木更津に向かう。

その昔、神代《かみよ》の頃のこと、東征に出た倭 建 命《やまとたけるのみこと》が相模《さがみ》まで来て、上総に渡ろうとしてつぶやいた。

「こんな小さな海など一っ跳びだ！」

それは傲慢《ごうまん》な言葉だった。それを聞いた海の神の逆鱗《げきりん》に触れた。

海に漕《こ》ぎ出し中ほどまで行った時、急に海が荒れ出して、逆巻《さかま》く波は、船を波間に引きずり込みそうになった。

「これは海の神さまの怒りにございます」

命の傍にいた弟橘媛《おとたちばなひめ》が、船の危難を救おうと海に身を投げた。すると大荒れの海がたちまち凪《な》いだという。

媛の着物の袖《そで》がちぎれて流れ着いたところを袖ケ浦《そでがうら》という。

倭建命は、媛を思いその地を離れなかった。

「君《きみ》さらず袖しが浦に立つ波のその面影《おもかげ》をみるぞ悲しき」の古歌が残った。

その名もなき小さな漁村に「君さらず」という美しい名がついた。いつしか人々は木更津と呼ぶようになったという。

三年前、大阪の陣に木更津から家康を支援する水夫《かこ》が参陣した。

その戦功に感謝した家康は、江戸と木更津間に渡船《とせん》の権利を与え、日本橋に木更津河岸《がし》の拝領地を与えるなど特権で遇《ぐう》した。

元和元年（一六一五）には、木更津に代官《だいかん》が置かれて急速に発展することになった。

江戸と木更津間の渡船の権利は大きかった。

近隣の農山村、漁村から江戸に運ぶ物資が集まり、急拡大して何んでも呑《の》み込む江戸の台所を支えることになった。

物資だけでなく、小さな漁村には人々が集まってくる。

仕事のあるところに人が集まるのは世の常であり、人、物、銭《ぜに》の集まるところはたちまち繁栄する。木更津はまさに絶頂期に向かっていた。

毎日、何十艘もの船が荷を積んで江戸に向かう。江戸の海はいつも穏やかで、木更津の船は群れを成して日本橋に着いた。

木更津の魚といえば飛ぶように売れた。

江戸の人々は木更津が大好きだ。

「木更津だってねえ、いい魚じゃねえか、今朝取れたのかい？」

「へい、半刻（約一時間）ほど前まで江戸前の海で泳いでいたところを捕まえて来まして、へいッ、海に戻すと泳ぎ出すんでござんすよ」

「そうかい。そんなに活《い》きがいいか、じゃ、みなもらおうか！」

「まいどのことで、ありがとうございます。帰り船には酒など積んで行きやすので！」

「気をつけて帰りな！」

江戸と木更津は家康のお陰で太く繋《つな》がっていた。この江戸と木更津の間を行き来する船は、五大力菩薩《ごだいりきぼさつ》の名を持つ海と川を行ける両用の船で、喫水《きっすい》が浅く、五大力船とか木更津船と呼ばれた。

帆《ほ》と棹《さお》の両用で、船の長さ三十一尺（約九・四メートル）、船の幅八尺（約二・四メートル）と細長く、積み荷六十石という小型から、長さ六十五尺（約二十メートル）、幅十七尺（約五・二メートル）、積み荷五百石という大型まであった。

何んといっても木更津船の特徴は、舷《げん》に、船べりともいうが、そこに棹走《さおばし》りという棹を押して船頭が走る庇《ひさし》がついていたことだ。

幕府は軍事上の都合から橋を架《か》けることを禁止、陸路にはいたるところに関所を置くようになる。大量の荷運びには実に不便だった。

結局、江戸で必要な物資は船に頼ることになり、川と海の水運が猛烈な勢いで発展することになった。

「伝八、お松を知っているか？」

「お武家さまは、なんでお松さんを知っていなさるんで？」

「お松は江戸の塩問屋上総屋島右衛門《かずさやしまえもん》の娘だからだ」

「それでは、旦那は上総屋さまのお使いで？」

「そんなところだ」

藤九郎がとぼけた。お松は上総屋の娘ではなく盗賊湛兵衛《たんべえ》の孫娘だ。伝八はお松の塩を上総屋に運んでいる。

「するってえと、旦那は長吉を連れ戻しに行くんで？」

「いい勘をしているではないか……」

「それほどでも……」

「長吉の居場所を知っているのか？」

「へい、それなんですが、最近までお華と一緒に住んでいたんですが、このところ、二人とも見かけないんで……」

「住まいを移したということか？」

「それが、空き家にならず、お安《やす》という小女《こおんな》が住んでいやす」

「詳しいな、そのお安が居場所を知っているのではないか？」

「一度聞いたんですが、知らないと……」

「兎《と》に角《かく》、行ってみよう」

伝八の船が木更津に着いた時は、湊の船はすべて江戸に出払って、小船しか残っていなかった。

伝八は、藤九郎を木更津湊から袖ケ浦の方に歩き江川村《えがわむら》に連れて行った。

お華の家は江川村の小櫃川《おびつがわ》の傍にあった。

海の見える高台の林の傍に、ポツンと百姓家が建っていたが、その周辺に家はなく、人影もない。

「ここでお華は生まれたんだそうで……」

「そのお華は幾《いく》つだ？」

「見た目では十八、九ですが、実際は二十四、五ではないかと思いやす」

「若いな？」

「へい、若い上に美人で男好きのする顔で、何人の男が騙《だま》されたことか……」

「浜栗ではないのか？」

「金持ちの旦那なら、誰でもぴったり合うんじゃねえですか？」

「そういうことか……」

藤九郎はなるほどと納得した。蛤の貝合わせは金次第かと伝八にうなずいた。

「長吉はどこでお華と会ったのだ？」

「それは、あっしが会わせたので……」

「どうしてだ？」

「旦那、男なら誰でもいい女とは寝てみたいもので、野暮《やぼ》でござんすよ」

「そうか……」

二人はしばらく小櫃川の傍に立っていた。

「人の気配がないな。お安はいるのか？」

「見て来ましょうか？」

「わしも行こう」

二人が百姓家に歩いて行った。遠くから見た通り、修理などしたことがないようで、ずいぶん荒れた家だ。

「御免《ごめん》よ……」

伝八が引き戸を開けて暗がりに入って行った。お安が囲炉裏端《いろりばた》に座っていた。

「伝八さん……」

「お安、長吉とお華はどこにいる？」

「知らないって言ったじゃないか……」

「今日はそうはいかねえんだぜお安、怖い人が来ているんだ。斬られないように覚悟するんだな。旦那ッ！」

伝八が藤九郎を呼んだ。

百姓家の土間に入って行くと、藤九郎を見たお安が逃げようとした。伝八が素早く草鞋《わらじ》を履《は》いたまま板敷《いたじき》に飛び上がると、お安の背後を塞《ふさ》いだ。

「何も知らないからッ！」

「知らなくていい」

そういうなり藤九郎の剣が鞘走って、お安の着物の襟《えり》を横に斬り裂いた。

「ヒエッ！」

お安が後ろの伝八に倒れ込んだ。体がガクガクと震え小便を漏《も》らしている。

「着物の襟を見ろ……」

「あッ！」

「次は帯を斬る。居場所を思い出さなくていいぞ。その次は首を刎《は》ねるだけだ」

「お安、旦那に謝れ、斬られるぞ！」

「ご、御免なさいッ……」

お安がわれに返って泣き出した。

「二人はどこだ？」

伝八が聞くと、お安が震える指で北を指さした。

「どこだッ？」

「袖、袖ケ浦の方に歩いて行くと家がある」

「川を超えた海の傍か？」

「うん……」

お安の座っているところが、小便でびしょびしょだ。

「旦那、その家なら知っておりやす、海から見えますんで……」

「伝八、念のためだ。女に隠れ家まで案内させろ……」

「へい！」

お安の言うあたりは、畔戸《くろと》と呼ばれているあたりだ。海からの風が強い。

「お安、立て、旦那の言う通りにしろ！」

伝八に促されて立ち上がると、お安が外に出た。小櫃川を小舟で越えて、畔戸の隠れ家に忍び寄った。

「お安、あの網《あみ》の干してある一軒家だな？」

「うん……」

「あそこに誰がいる。長吉とお華だけではあるまい？」

藤九郎がお安をにらんで聞いた。お安は藤九郎を怖がって顔を見ない。

「お安、答えろ……」

「わからないよ。兄さんがいるんじゃないか？」

「お華に兄がいるのか？」

「そう聞いたけど、見たことはないんだ」

お安が伝八にすらすらと答え、お華の隠れ家をにらんでいる藤九郎をチラッと見た。お華に兄などはいなかった。お安の見たことのないお華の配下が何人かいた。

「よし、近づいてみよう」

藤九郎が海からの風に向かって歩いて行った。

お華の隠れ家に飛び込んで、長吉を助けようということだ。

隠れ家にはお華の他に人がいると、お安の言葉からわかる。人数まではわからない。だが、そう大人数だとは思えなかった。

伝八とお安は藤九郎から離れている。

家の中を窺《うかが》ったが、人の気配がまったくない。おかしいと思いながら引き戸を開けて藤九郎が飛び込んだ。

静かなはずで、家の中には誰もいなかった。

藤九郎が家の中を探したが長吉がいない。そこに伝八とお安が土間に入ってきた。

「伝八、家の中には誰もいないぞ！」

「旦那、もぬけの殻《から》で？」

「そうだ！」

その時、土間にいたお安が「キャーッ！」と叫んだ。

伝八が振り向くと、土間の筵《むしろ》がゴソゴソと動いた。

「どうしたッ！」

驚いている二人の傍に藤九郎が来て、縛ってある筵の荒縄を脇差で切った。そこから出てきたのは、手足を縛られ猿轡《さるぐつわ》を嚙《か》まされた長吉だった。

「長吉ッ！」

「伝八ッ！」

伝八が猿轡を取ってやる。

「良かったッ！」

「あッ、青木さまッ！」

「無事でよかったな……」

「川に流されるところでした！」

長吉はお華の配下に小櫃川に流されるところだった。それをお華が「いつでも川に流せる」と殺すのを躊躇した。危機一髪《いっぱつ》だった。

「お華はどこだ？」

藤九郎が手足を縛った荒縄を切りながら長吉に聞いた。

「江戸へ行きました」

「なんだと？」

「お華は盗賊です！」

「一味は何人だ？」

「お華を入れて四人です」

「いつ江戸に向かった？」

「今朝です」

「おのれ、江戸で仕事をする気だ！」

「仲間が二人、先に江戸へ入っておるそうで……」

「よし、伝八、江戸まで行くぞ！」

お安を入れて四人が木更津の湊に走って、伝八の船にお安を乗せて海に押し出し、男三人が飛び乗った。

「伝八ッ、急げッ！」

「へいッ、任せておくんなさいやし！」

伝八の船が、斜め後ろからの南風に押され波を切って走った。

「青木さまはどうして木更津に？」

「お奉行の命令だ。詳しいことは知らん……」

「お奉行さまが？」

「お松が塩を運んで来ておったようだ」

「そうですか……」

長吉はすべてを悟《さと》った。

長吉はお華に溺れたが、三千両を要求され脅されたが応じなかった。すると一味は、行徳屋から長吉と交換に三千両を奪おうと計画、その前に厄介な長吉を川に流して殺してしまおうとした。

その時、お華が殺すことをためらった。

情を交《か》わした男を川に流すのは忍びなかったのだろう。

それで長吉は命拾いをした。

伝八の船は、夕刻に日本橋の木更津河岸に滑り込んできた。

「長吉、奉行所に走ってこのことを話せッ、伝八とお安はまだ船の中にいろ！」

「承知しました！」

藤九郎と陸《おか》に上がった長吉が、奉行所に走って行った。

木更津河岸に木更津から来たただろう船はなく、お華たちが乗ってきたただろう船が、河岸の端に舫《もや》ってある。

「伝八、あの船はお華の船だな？」

「へい、そうだと思います。海に逃げるつもりで……」

「そういうことだ。伝八、お安と筵をかぶってそこに隠れていろよ」

藤九郎は木更津河岸から離れて、暗がりに身を潜めた。一味は必ず船に戻ってくると確信した。

奉行所に走ってきた長吉は勘兵衛に謝ると、これまでの経緯をかいつまんで話し、お華一味が江戸に入って仕事をすると伝えた。

「相分かった！」

い。

勘兵衛は今夜の仕事だと直感した。

お華一味は人殺しはしない。お華が店に声をかけて、女だと油断し戸を開けると押し込むという手口で仕事をしてきた。店の者を縛り上げるが殺したりはしない。

奉行所に残っている同心は宿直同心二人だけだった。

急なことで手配が間に合いそうにない。

「喜与、支度だ。お香、宇三郎と文左衛門を呼んで来い！」

奉行所にいる者だけで対応するしかない。

村上金之助一人を残して、松野喜平次が勘兵衛に続いて奉行所を飛び出した。

宇三郎と文左衛門に長吉が後を追った。

勘兵衛はお華一味の仕事は、木更津河岸からそう遠くないだろうと思った。おそらく、二町（約二一八メートル）程度、三町（約三二七メートル）まで離れていないだろう。

手早く仕事をやって、さっさと船で逃げる魂胆《こんたん》だと読んだ。

他に同心がいないため、二、三町四方の簡単な探索ができなかった。

木更津河岸で待ち伏せて捕らえるしかない。

勘兵衛たち五人が河岸に到着すると、暗闇から藤九郎が現れた。

「まだだな？」

「はい、間もなくかと……」

「よし、一味を囲んで捕らえろ！」

勘兵衛の指図で全員が暗闇に身を潜めた。それから一刻（約二時間）ほどすると、仕事を終わった一味が河岸に現れた。

「浜栗のお華ッ、御用だッ、神妙にしろッ！」

藤九郎が飛び出すと、一味の男が一人、河岸に向かって走ると川に飛び込んだ。

「野郎ッ、泳いで逃げる気だッ！」

一気に河岸は大混乱になった。

船にいた伝八が筵を撥《は》ね退《の》けると「伝八ッ、追えッ！」と藤九郎が叫んだ。その船に喜平次が飛び乗った。

「追ってくれッ！」

河岸では一味を相手に戦いになった。銭箱を放り投げて匕首《あいくち》を抜くが、藤九郎ら内与力の相手ではない。たちまち峰《みね》打《う》ちで倒された。

川に逃げた男は泳ぎが得意なのだろう。

水に潜って姿を消したりしたが、そううまく逃げ切れるものではない。浮かんできたところを長い棹でゴツンと伝八にやられ、プカッと水に浮いたところを喜平次に引き上げられた。

一味が捕縛された。

「あれッ、お華がいないッ？」

星明かりに頬っかぶりを取った一味を見て長吉がいう。

「なんだと？」

「お奉行さま、お華がいません！」

みなが慌《あわ》てて辺《あた》りを探したが見当たらない。仕事が終わって、お華は配下より少し遅れて河岸にきた。その時既に河岸は戦いで混乱している。

それを見たお華は素早かった。一目散《いちもくさん》にその場から一人で逃げ出した。

長吉がお華のいないことに気づいた時には、既に、二町も先を北に向かって逃げていた。

「気づかれたようだな……」

逃げた者はもう捕まらない。

勘兵衛はあきらめて奉行所に引き上げた。

長吉は伝八の船で塩浜に戻った。

お松は無事な長吉の顔を見て泣いて喜んだ。行くところのないお安は、一人者の伝八に引き取られた。

第十八章　老盗の迷い

その朝、六、七歳の女の子が、奉行所の門番に書状を差し出した。

「こんなものどうした？」

「あっちのおじさんから……」

女の子が指さしたところには誰もいない。

「これ……」

女の子が、もう一方の手に銭を三枚握っている。

「そのおじさんからもらったのか？」

「うん……」

女の子は書状を奉行所に届けるよう買収されたのだ。

「それは駄賃《だちん》だからもらっておきなさい」

「うん……」

女の子がうれしそうに走って行った。

その書状は登城前の勘兵衛に渡された。一読した勘兵衛が「やはり……」とつぶやき、傍の半左衛門に渡した。

それを読んだ半左衛門の顔色が変わった。

「ふざけやがって！」

「予想していたことだ……」

半左衛門が喜与に書状を渡した。

「まあ、何んと横着《おうちゃく》なことを、不届きも過ぎます！」

お松事件が終わって喜んでいた顔が、怒った顔になった。

書状には銀座事件の詳細が描かれていた。

屋根を破って侵入し、縄で吊《つ》るして銀の叺《かます》を運び出したこと、江戸から運び出してはお上に申し訳ないので、京橋川に沈めてきたことなどが絵図まで描いてあった。

署名があって、羽黒山大天狗雨乞坊《はぐろやまおおてんぐうこつぼう》と名乗っていた。

川の中の銀をよく探し当てたと、勘兵衛をからかう内容の書状で、署名もとぼけている。

「羽黒山の大天狗雨乞坊の仕事とは洒落《しゃれ》た野郎だ。半左衛門、どんな顔か見てみたいものだわな……」

「はい、大天狗などととぼけた野郎で！」

「腕に自信があるのだろう。所詮、いくら威張《いば》っても泥棒は泥棒に過ぎん……」

勘兵衛はさほど気にしていない。

「これは残せないな。燃やしてしまえ……」

事件の書状として残せるものではない。半左衛門が雨乞坊の書状をさっさと燃やしてしまった。銀座を破った盗賊の自慢話など残せるものではない。

事件帖にも一行たりとも書かれることはなかった。

その夕刻、早朝に塩浜へ戻った長吉が、塩問屋の上総屋島右衛門と一緒に奉行所に現れた。

長吉から仔細を聞いた上総屋が飛んできたのだ。長吉の父親は亡くなって、上総屋島右衛門が親代わりになっていた。

その島右衛門に長吉はひどく叱られた。

「お奉行さま、この度はとんでもない不始末をいたしまして、お詫びのしようもございません。なにとぞ、お許しを賜りますように……」

二人が勘兵衛の前で平身低頭《へいしんていとう》の謝罪をした。

「天下のお台所の塩をお預かりする行徳屋の不始末は、上総屋の不始末でございます」

「上総屋、長吉は無事だ。あまり叱るな。若い者はいい女には目が移るものだ。これで少しは懲りたであろう。長吉、お松は喜んでいたか？」

「はい、この度はご迷惑をおかけいたしました……」

「お華を取り逃がした。気をつけろよ」

「はい！」

上総屋島右衛門と長吉は、勘兵衛に菓子折りを差し出して帰って行った。

「勘定方に回しておけ……」

勘兵衛は、菓子折りの二百両を半左衛門に渡した。

このお松事件は、お華が逃げたことでまだ終わっていなかった。

数日後、塩田に出た長吉の前にお華が現れた。

塩田に下りて行く道に松の木があった。その陰からお華がにこやかに出てきた。

「長吉さん……」

「お前……」

「忘れちゃった？」

無邪気《むじゃき》に微笑む。とても女賊とは思えないあどけなさだ。

「なんだ？」

「なんだはないんじゃない？」

「お前は……」

「盗賊だって言いたいの？」

「そうだ！」

「木更津の代官に追われているの、助けて……」

「そんなことできない！」

「あたしとのこと、忘れちゃったの？」

「何を言うか、殺そうとしたくせに！」

「助けたじゃないか……」

お華が長吉の傍に寄ろうとする。お華を恐れる長吉が、二歩三歩と後ろに下がった。

「どうして逃げるの？」

「寄るな！」

「いいの、そんなこと言って、ねえ、助けて……」

「もう、お前とはかかわりたくない！」

「ひどい、抱くだけ抱いて捨てる気なの？」

「なにを言うか。おれを脅しても何もでないぞ。助けるなどとんでもないことだ」

長吉は怒っている。

簀《す》巻《ま》きにして川に流そうとした女を助ける義理はない。

「そういえば、日本橋の木更津河岸にあんたがいたのを見たんだ。奉行所の役人と一緒にいたじゃないか？」

「北町のお奉行さまは仲人だ！」

「まあ、偉い人とお知り合いなのね。それで役人に知らせたんだ？」

「おれにつきまとうな！」

「そうはいかないよ。逃げるにもお足がないんだ。上方に逃げるから五百両ばかり都合つけてくださいな……」

「そんなことできるわけないだろ！」

可愛い顔をして恐ろしい女だと長吉は思う。こんなとんでもない女に夢中になったのかと情けなくなる。

「お願いだから……」

「駄目だ！」

「そう……」

二人がもめているところに運悪くお松が走ってきた。

「来るなッ！」

長吉が叫んだ時には既に遅かった。お華が走って行って、お松を人質に取った。帯の後ろから匕首を抜いてお松の腹に当てる。

「止めろッ！」

「五百両だ！」

人質を取ったお華が豹変した。

「わかったッ、お松を離せ！」

「お足が先だよ！」

「お華さん？」

お松が聞いた。

「ああ、お前の旦那の妾《めかけ》のお華だよ。手切れ金五百両をもらいに来たんだ！」

「お前さん……」

「お松に手荒なことをするな！」

「ふん、お松、お松ってうるさいんだ。出すものを出してからだ！」

そこにぞろぞろと塩田で働く人たちが現れた。

「あッ、女将さんッ！」

「あの女が女将さんを刺すつもりだぞ！」

「ふてえ女だッ！」

男たちがお松とお華を取り巻く。

「騒ぐんじゃねえ！」

お華が凄んだ。

匕首がお松の腹を押さえ、お華の左手がお松の着物の襟をつかんでいる。

「わかったッ、五百両は持ってくる。刃物は止めろ！」

お松は懐妊から五か月目に入り、最初の戌《いぬ》の日に腹帯《はらおび》を締めたばかりだった。

紅白の布に寿と書いてそれぞれ八尺（約二・四メートル）を腹に巻いた。

戌の日というのは犬が安産であるということからで、日本では古くからの風習で、外国にはない習わしだ。帯祝いをした子は間引かないという決まりだった。

塩田で力仕事をするお松は、腹帯の上に子どもを保護するため、木綿《もめん》をグルグル巻きにしていた。これが良かった。

怒った男が、担《かつ》いでいた長い竹竿《たけさお》でいきなりお華を叩いた。

匕首がお松の腹に刺さったが、女の力では深く刺さらない。長吉が飛び込んでお松を突き飛ばすと、匕首を奪って深々《ふかぶか》とお華の胸を突き刺した。

「長吉さん……」

「こうするしかないんだ。お華、成仏《じょうぶつ》してくれ……」

長吉の着物をつかんでお華がズルッと砂の上に崩れ落ちた。

「女将さんを運べッ！」

「戸板だッ！」

「医者を呼べッ！」

塩田が大騒ぎになり、行徳屋からも人々が駆け出してきた。

「お松ッ！」

びっくりしたお松が長吉にすがりついて「ワーッ！」と泣いた。

「旦那ッ、女将さんが血だッ！」

腹をさすったお松の手が血だらけになった。それを見てお松が気を失った。

「戸板はッ！」

長吉は戸板が運ばれてくると、お松を乗せて行徳屋に急いだ。力持ちの男たちがお松を運んで走る。お華の遺骸も戸板に載せられて運ばれた。

伝八とお安が騒ぎを聞きつけて走ってきた。

「長吉、お松は大丈夫か？」

「うむ、大丈夫そうだ。伝八、お華が死んだ。おれが刺した。すまないが北町奉行所まで行ってくれるか？」

「いいよ……」

「すまないな。上総屋の旦那にも知らせてくれるか？」

「うん、任せておけ！」

伝八とお安が船に走った。

「行くか？」

「うん、行く！」

「よし、乗れ！」

伝八が江戸に向かって船を漕ぎ出した。

若い衆たちに大急ぎで運ばれたお松は、子どものために巻いた腹帯で助かった。お華の力では深く差すことができずに浅手だった。

傷よりも、驚いた衝撃の方がひどかった。長吉の顔を見ると泣き出してしまう。

お松は七人も子を産ませてくれる長吉を大好きなのだ。好きでなければ七人も子は生まれない。

「お松、医師は大丈夫だと言っている。丈夫な子を産んでくれ……」

「うん……」

「すまなかった……」

「いいの、お華さんは？」

「死んだ……」

「まあ……」

「可哀《かわい》そうなことをした……」

「うん、悪い人だったの？」

「そうでもない。可哀そうな人だった……」

「そうなの？」

「小さい時に売られたようだ……」

「まあ、苦労したんでしょうね……」

「人はわからないものだな？」

「うん……」

お松が寝たまま手を合わせてお華に合掌《がっしょう》した。幸運と不運は紙一重《かみひとえ》のような気がする。もしかしたら表裏なのかもしれないとお松は思う。

お華の事件の数日後、藤九郎が品川宿に向かった。

お葉に会いに行ったのだが、既に引き払ってお葉は品川宿から姿を消していた。

「お富……」

「旦那、どこかに仕官したのかい、そんな恰好して、急に立派になっちゃってさ？」

「そんなところだ。お葉がいないようだが？」

「そうなんだ……」

「どうしたんだ？」

「旦那、口止めされてんだよ」

「お葉にか？」

「うん……」

お喋《しゃべ》りなお富は喋りたくて藤九郎を見る。

「抱いてくれるかい？」

「いいが、それよりお前はこっちの方がいいんじゃないか？」

藤九郎が二分金を出した。

「金貨か、しばらく拝《おが》んだことがないな。それでいいよ」

「先に話してくれ……」

「実は旦那、お葉さんに旦那の子ができたんで、一人で産んで育てるって、ここを引き払ったんだ」

「子が？」

「うん、健気《けなげ》じゃないか、旦那をよっぽど好きなんだよ。迷惑をかけないように一人で産むなんてさ、罪だねえ旦那は……」

「それでお葉はどこに行った？」

「川崎、お葉さんは川崎の浜で生まれたんだ。もう誰もいないそうだが、その浜に実家があるんだよ」

「そうか……」

藤九郎はお葉と二人で川崎大師に行った時、お葉はそんな話はしなかったと思う。お富の手に二分金を握らせた。

「間もなく五か月だって……」

「わかった」

藤九郎は川崎には行かずに奉行所に戻った。

その頃、奉行所には浅草の二代目鮎吉こと正蔵が来ていた。

「お奉行さま、だいぶ前になりますが、大山詣りに行ってまいりまして……」

「大人数だったそうだな？」

「はい、江戸からは二十人で、戸塚宿《とつかしゆく》の柏尾から佐平次夫婦に案内してもらいました」

「大山阿夫利神社は良いところと聞いたが？」

「はい、風光明媚《ふうこうめいび》、山の上からは安房《あわ》の山々が見え絶景にございます。その旅の途中に柏尾の親父さんから驚いた話を聞きました」

「ほう、盗賊の話でも聞いたか？」

「ええ、そうでございます。例の日本橋の材木問屋木曽屋忠左衛門《きそやちゆうざえもん》から六千八百両を奪ったという盗賊のことです」

「何、奉行所が探している飛猿のことか？」

勘兵衛の顔色が変わった。

「少し待て、お香、半左衛門と宇三郎を呼んで来い！」

「はい！」

喜与もお香と一緒に部屋から出て行った。

「柏尾の佐平次は元気か？」

「はい、お芳という孫のような女房に子ができまして、あと十五年は死ねないなどと極めて元気にしております」

「そうか、それはいいな」

「もう六十五は過ぎていると思うのですが、なかなかに……」

正蔵がニッと笑う。

「うむ、幾松とお元も行ったそうだな？」

「はい、上野の商人宿の七郎夫婦もまいりました」

「賑やかで楽しそうな旅だな？」

「ええ、大山詣りは江戸からですと、女の足でも遠からず近からず、高い山にも登りますので、ちょうどよい塩梅《あんばい》にございます」

「なるほど、江《え》の島《しま》や鎌倉にも回るそうだな？」

「はい、山と海の味わいが絶品で、旅の醍醐《だいご》味《み》も味わえます」

「その上、ご利益《りやく》があるとなれば参詣《さんけい》人が増えるな？」

「そのように思います」

勘兵衛はずいぶん江戸から出ていないと思う。二人が話していると半左衛門が現れ、その後すぐ宇三郎が部屋に入ってきた。

「半左衛門、飛猿のことだ。正蔵から話があるそうだ……」

「はい、柏尾の親父さんが言うには、日本橋の材木問屋木曽屋忠左衛門の仕事は、伊那谷《いなだに》の朝太郎《あさたろう》だろうというのですが……」

「伊那谷？」

「ええ、ただ、朝太郎は数年前に亡くなったと聞いているから、その身内の者か、雨太郎《あめたろう》という息子ではないかと少々うろ覚えでして……」

「息子の雨太郎……」

半左衛門は、息子ならまだ若いはずだと思う。

「親父の朝太郎が生きているということはないのか？」

勘兵衛は、木曽屋の仕事が若い男の仕事とは思えなかった。それは勘だ。

「そこが柏尾の親父さんの曖昧《あいまい》なところで、すぐ子分を三人ばかり伊那谷に走らせて調べさせました」

「高遠《たかとお》城下《じょう》にか？」

「ええ、素人《しろうと》では無理かと思ったのですが……」

「それで何かわかったか？」

「やはり素人では駄目なようで、朝太郎の生死も、雨太郎がどこにいるかもつかめずに戻ってきました」

「そうか、高遠までご苦労だったな」

「お奉行さま、一つだけ、雨太郎には、お絹《きぬ》という妹がいるらしいということです」

「お絹？」

「それは木曽屋忠左衛門にいた女中のお絹……」

半左衛門の顔色が変わった。

遂《つい》に、飛猿の尻尾《しっぽ》をつかんだ。正蔵のお手柄だ。

影も形もわからなかった飛猿の正体が、伊那谷の朝太郎で、もし、朝太郎が死んでいれば、その息子の雨太郎と妹のお絹ということになる。

「朝太郎の生存を確かめることと、雨太郎とお絹の居場所を探すことだが、六千八百両も持っていれば何年も動かないだろう。探索は厄介だな……」

「また、江戸に仕掛けて来ましょうか？」

半左衛門が、困ったことだという顔で勘兵衛に聞いた。

「次も江戸とは考えにくいが、じっくり仕掛けて何年後かに姿を現すことはある」

江戸にも万両の小判を蓄えている大店が、少しだが出てきていると勘兵衛は考えていた。大盗はそういう大店を狙って仕掛けてくるはずだと思う。

「柏尾の佐平次に、もう少し詳しく聞いてみる必要があるな？」

「はい、今のところ手掛かりは佐平次だけかと？」

「そうだな」

「戸塚宿まで誰を派遣いたしましょうか？」

「誰がいいか、正蔵、戸塚まで行ってくれるか？」

「畏まりました。ご案内いたします」

勘兵衛と半左衛門は、柏尾の佐平次から飛猿の何んらかの手掛かりを得たいと思う。未解決の事件に目処が立つことになる。

「宇三郎、喜平次を連れて柏尾まで行ってくれ！」

「はッ、承知いたしました」

「正蔵、明日の朝、出立できるか？」

「はい、浅草から品川湊まで舟でまいります。望月さま、品川宿からご一緒したいと存じますが？」

「いいだろう。品川宿で卯《う》の刻（午前五時〜七時頃）過ぎに会おう」

「はい、間違いなく伺います」

遂に、長く膠着《こうちゃく》していた日本橋の材木問屋、木曽屋忠左衛門の事件が大きく動くことになった。

翌朝、宇三郎は松野喜平次を連れて奉行所を出立、正蔵は配下の舟で大川を下って品川湊に向かった。

三人は品川宿で合流し六郷橋に向かうと、小春の甘酒ろくごうでは朝の客たちが一休みしている。朝は忙しい時で、三五郎と久六が小春を手伝っていた。

「茶をくれるか？」

「これは望月さま……」

「小春、元気そうだな」

「お陰さまで、今度、品川宿に茶屋を出そうかと考えております」

「そうか、お奉行に話しておこう」

「お願いいたします」

働き者の小春は、寿々屋の親父から旅籠《はたご》を頼むと言われていることもあって、甘酒ろくごうを母のお時《とき》と弟の喜六《きろく》に任せて、三五郎の母お種《たね》と品川宿に茶屋を持とうと考えていた。

勘兵衛に勧《すす》められた甘酒ろくごうは、場所もよく繁盛した。

休むことなく毎日働いた小春は、夜の旅籠の寿々屋と、暇になる昼は茶屋をやりたいと考えたのだ。

何も考えない三五郎とは出来がちがう。

働き者でじっとしていることのできない女だった。

勘兵衛は小春のそんなところを見抜いて、甘酒ろくごうをやらせた。旅人相手の甘酒屋は朝夕が忙しく、働き者でないとできない仕事だ。

それに江戸を離れて西に向かう旅人が、江戸の人々と最後に別れを惜しむところが六郷橋だ。

「望月さま、どちらまで？」

三五郎と久六が宇三郎と喜平次、正蔵の三人に茶を出した。

「戸塚宿までだ」

「明日にはお戻りで？」

「そうだな。急ぐ旅だからすぐ戻ってくる」

三人は茶を喫《きっ》し喉《のど》を潤《うるお》すと、すぐ橋を渡って西に向かった。川崎宿まで行けば、戸塚宿までは五里十八丁（約二一キロ）である。

夕刻までには充分に柏尾まで行ける。

三人が保土ケ谷宿《ほどがやしゆく》を過ぎて、武蔵と相模の国境である権太坂《ごんたざか》という奇妙な名の坂下まできた時、珍妙な斬り合いをしているのに出会った。

そもそも権太坂という名が変だが、いわれはこうだ。

旅人が坂を上り終えて一息《ひといき》つき、傍の老人に「この坂はなんという名だ？」と聞いた。

「権太だ！」

老人がニコニコと答えた。

「そうか、権太坂というのか……」

旅人は疑うことなく権太坂と納得した。ところが、この老人は耳が遠かったので、自分の名を聞かれたと思って「権太だ！」と大声で答えたのだった。

以来、このとぼけた話が人々に気に入られ、いつしか権太坂、権太坂と、親しみと愛嬌《あいきよう》を持って呼ばれるようになった。

後に、坂を改修した藤田権左衛門の名から権太坂としたともいうが、愛嬌のある前者の話を権太坂の由来《ゆらい》と考えたい。

その権太坂の決闘は珍妙、奇妙なのだ。

野次馬《やじうま》が二十人ほど集まって斬り合いを見ている。

「早くやれッ！」

「さっさと斬ってしまえッ！」

掛け声があちこちから飛ぶのだが、刀を抜いた浪人は、二人とも恐怖で手が震え、相手に斬り込む勇気が出ないのだ。

「何を震えていやがるんだッ、さっさと斬れッ！」

「臆病者《おくびようもの》の喧嘩かッ！」

「馬鹿野郎ッ、こっちは忙しいんだッ、早く斬りやがれッ！」

罵声《ばせい》が飛ぶようになると、斬り合いの二人は益々《ますます》焦《あせ》って震えが止まらない。斬り合いというものは、刀を抜くまでは威勢《いせい》がいいが、いざ互いに刀を抜いて構えると、よほどの胆力《たんりょく》がないと、刀の持つ魔力に負けて震えが止まらなくなる。へっぴり腰の浪人は勢い良く刀を抜いたが、斬り合いなどしたことがなく、すぐ恐ろしくなった。

斬り殺される恐怖に怯《おび》えていた。

「どうしたんです？」

喜平次が傍の野次馬に聞いた。

「浪人の喧嘩ですよ。年かさの浪人が若い方の仇《かたき》だというんですが、どう見たって浪人同士の喧嘩ですよ。ああやって四半刻になるんですから……」

「あのまま今日中やってますよ！」

傍からあきれ返った野次馬が投げやりに言う。

斬り合いが、野次馬の思惑のようにいかないのは当たり前だ。

「いかがいたしましょうか？」

心配そうな喜平次が宇三郎に聞いた。

「事情が分からない斬り合いでは、様子を見るしかないな……」

宇三郎は仲裁しようという考えがない。仲裁し甲斐《がい》のない二人のようだと見る。刀の使い方をまるで知らない。

迂闊《うかつ》に仲裁などすると、振り回した刀で怪我《けが》をしかねない。よく見ると二人は掠り傷だが数か所傷ついているようだ。

「おいッ、保土ケ谷宿の名主《なぬし》だぞッ！」

若い衆を二人連れた苅部清兵衛《かるべせいべえ》が走ってきた。

「しばらく、しばらく……」

清兵衛が間に割って入り、若い衆二人が「落ち着いて、落ち着いて……」とそれぞれの浪人をなだめる。

「わしは保土ケ谷宿の名主苅部清兵衛だが、双方、刀を収めてくださらぬか、話はじっくりお聞きしますから……」

なかなか貫禄《かんろく》のある仲裁人だ。

この苅部清兵衛という人物は北条家の家臣で、秀吉に北条家が滅ぼされる前は、武蔵寄居《よりい》の鉢形《はちがた》城の城代家老だった。

北条家が滅ぶと、信濃善光寺《しなのぜんこうじ》に引っ込んでいたが、慶長六年（一六〇一）に家康から呼び出されて、保土ケ谷宿の本陣《ほんじん》、名主、問屋《といや》の三役を命じられた。

家康は、北条氏政《うじまさ》の嫡男氏直《ちゃくなんうじなお》に次女督姫《とくひめ》を嫁《とつ》がせていて、秀吉の小田原征伐《せいばつ》の前から、徳川家と北条家は親しかった。

家康が駿府から江戸に向かう道筋に保土ケ谷宿はあり、藤沢宿《ふじさわじゅく》には徳川御殿があったが、迂闊な者を本陣にすることはできない。

そこで家康に抜擢《ばってき》されたのが苅部清兵衛だった。

これ以後、苅部家は明治まで十一代にわたって清兵衛を名乗り、保土ケ谷宿の三役を務めて繁栄する。初代の清兵衛は、家康の目に留まるほどなかなかの人物だった。

「双方に悪いようにはせぬ。大怪我をしたり、命を落としては困ったことになる。兎に角、刀を鞘に収めてくださらぬか？」

武士だった清兵衛には、武士の意地も、引くに引けない武家の事情も分かる。

先《ま》ずは話を聞いてからだ。

どうしても立ち会わなければならない事情なら、正々堂々の斬り合いをさせるしかない。

三人は清兵衛をなかなかの人物と見てしばらく見ていたが、双方が刀を収めると、その場から立ち去った。

権太坂を上ってしばらく行くと、東海道と大山道《おおやまみち》の追分《おいわけ》の柏尾である。

「保土ケ谷宿の名主さんはなかなかの貫禄で？」

正蔵が、抜身の刀を恐れない清兵衛の胆力に感心した。

「あの方は、吉原の惣名主庄司甚右衛門と同じ北条家の家臣だった人です」

「なるほど、そうでしたか……」

「北条家は名門ですから、良い家臣をずいぶん持っておられたが、太閤《たいこう》と反《そ》りが合わないというか、野心が大きいというか、名門というのはなかなかに難しいものだ」

「鎌倉からの名門は、秀吉のようなにわか出世の男を認めない……」

「そういうことですな。権現さまはそこを乗り越えられた。その結果、天下の方から権現さまに回ってきたともいえる」

「誠《まこと》に……」

「徳川家は急に大きくなったので、権現さまはご苦労をなさった。それと同じなのが江戸だ。大きくなるのが早すぎる。それが北町のお奉行にのしかかっている」

「確かに……」

「江戸に幕府ができて十五年、今が最も苦しい時かもしれないな……」

宇三郎には勘兵衛の苦労がわかっていた。

家康に北町奉行を命じられなければ、勘十郎の事件もなかったし、三河以来の名門旗本として、大番組あたりで苦労することはなかった。

老中に次ぐ町奉行の仕事は、裁判から行政、治安維持まで、その職責があまりに大きく重かった。

その勘兵衛の様子を一番よく見てきたのが、望月宇三郎なのだ。

過酷という言葉ではあまりにも軽すぎる。

まさに命を削る仕事が、江戸の町奉行の仕事だった。

幕府の体裁《ていさい》がまだまだ不備なため、そのしわ寄せが勘兵衛にのしかかって来ていた。

慶長十六年（一六一一）七月に南町《みなみまち》奉行土屋《つちや》権右衛門《ごんえもん》が亡くなって、二代目南町奉行が決まりそうで決まらず、江戸の町奉行は、北町奉行の米津勘兵衛が一人で務めた。

その時は、重圧が勘兵衛だけでなく与力や同心にものしかかってきた。

宇三郎たち三人の内与力の支援にも限界がある。

その二年後、慶長十八年（一六一三）十二月になって、ようやく南町奉行に島《しま》

田《だ》弾正《だんじょう》 忠《のちゅう》利正《としまさ》が就任するが、二年半もの間、南町奉行が不在だったことになる。

正蔵の案内で、宇三郎と喜平次が、柏尾の佐平次の家に着いた時にはまだ明るかった。佐平次の若い妻お芳が、家の前の小川で菜を洗っていた。

「あッ、浅草の親分さん！」

腰を伸ばして正蔵に頭を下げた。

「親父さんはいるかね？」

「はい……」

「こちらのお二人は、北町奉行所のお役人さまだ」

お芳が前掛けで手を拭《ふ》きながら宇三郎に頭を下げた。

「どうぞ、お入りください……」

「お芳さんか？」

「はい、主人がおりますので……」

「邪魔する……」

宇三郎はお芳が引き戸を開けると、薄暗い百姓家の土間に入った。佐平次は子どもを抱いて炉端に座っていた。三人を見ると、何んの用向きか悟ったようで、お芳に子どもを渡した。

「北町奉行所の内与力望月さまと同心の松野さまだ」

「どうぞ……」

佐平次は、宇三郎も喜平次の顔も覚えていない。座敷に上がった宇三郎は挨拶もそこそこに、伊那谷の朝太郎と息子の雨太郎、娘のお絹のことについて聞いた。

「二代目に言われて色々考えてみました」

「一緒に仕事をしたことがあるそうだな？」

「ずいぶん前で、若い頃ですから三十年にもなりましょうか……」

「朝太郎とはどんな男だった？」

「はい、伊那谷のお頭は、あっしより一回り年上で、若い頃から血を見るのが嫌いで、これまで見てきた多くのお頭の仕事の中で、一番といえる奇麗《きれい》な仕事でした……」

「一度も人に手をかけたことはないのか？」

「ございません。あっしの知っている限りでは一度もありませんでした」

「それで、その朝太郎が死んだというのは本当なのか？」

「確かに、そのように聞きましたが、確かなところは定かでなく、生きているとしても七十歳を超えております……」

「隠居か？」

「ええ、息子の雨太郎が四十近いはずですから……」

「その雨太郎だが、親の跡を継いだのか？」

「はい、雨太郎は親の自慢の子で、すべてを親から伝授されたと聞いております。妹のお絹という娘とは、だいぶ年が離れていると聞きましたが、同じ母親だそうで、仲のいい兄妹だそうです」

「そうか……」

「伊那谷のお頭は、配下でも顔を知らないというほど用心深い人でした」

「それは雨太郎も同じということか？」

「おそらくそうだと思います」

「なるほど、顔が割れているのはお絹だが、木曽屋忠左衛門が気に入るほどだから、よほどの美形か？」

「そのお絹を見たことはありませんが、母親がなかなかの美人でしたから、その血を受け継いでいるかもしれません……」

「何か手掛かりになりそうなことを思い出さないか？」

「それなんですが、あれこれと考えてみたんですが、何も思い出さねえんで、昔の隠れ家を少し回ってみようかと思っています。何か思い出すこともあるかと思いますんで……」

「昔の隠れ家というと朝太郎の？」

「ええ、まだ使われているところが一つや二つはあるのではないかと思います」

「幾つもあるのか？」

「当時、江戸はこれからで、京や大阪、東海道筋、中山道筋を仕事場にしていましたから、西の方に五、六ケ所はありました」

「そうか、上方か？」

「ええ、駿府、名古屋、京、伏見、大阪、下諏訪《しもすわ》などです」

「一人では危ない仕事だな。江戸に戻ってお奉行に相談して指図をお願いする。それからだな……」

「わかりました」

佐平次は複雑な心境なのだ。

恩人の伊那谷の朝太郎を探すのは辛《つら》い。できればこんな仕事はしたくないのだが、正蔵に話してしまってから後悔していた。

もし、朝太郎でなく雨太郎の仕事でも、目を瞑《つむ》りたいのが佐平次の気持ちだ。

だが、佐平次は勘兵衛にも大きな恩がある。

宇三郎は佐平次から粗方《あらかた》の話を聞くと、正蔵を残し、喜平次と一緒に戸塚宿に行って宿を取った。

役人が泊まっては迷惑をかけないとも限らない。

盗賊の世界のことを知らない宇三郎は、細心《さいしん》の警戒をしている。

第十九章　六条河原《ろくじようがわら》

翌朝、宇三郎と喜平次は、暗いうちに旅籠を出て江戸に向かった。

正蔵は佐平次の家に残った。

宇三郎は奉行所に戻ると、柏尾でのことを勘兵衛に報告した。勘兵衛は、佐平次が何か知っていて口を閉じているとは思わないが、伊那谷の朝太郎に義理があって躊躇しているように思う。

「柏尾の佐平次を一人で行かせるのは、危険ではないかと考えましてございます」

「そうだな。甚四郎と長兵衛でどうだ？」

「よろしいかと思います」

倉田甚四郎と本宮長兵衛は柳生新陰流の使い手だ。二人であれば、何かあっても充分に斬り抜けられる力がある。

「正蔵も行かせよう」

「はい、結構でございます」

宇三郎と半左衛門が勘兵衛に同意した。佐平次に、与力の甚四郎と同心の長兵衛が護衛につけば安心だ。

翌日の夕刻、正蔵が佐平次を連れて奉行所に現れた。

「柏尾の佐平次、この度はご苦労だな」

「恐れ入ります」

「親父、今さら思い出したくないこともあろうが、大盗賊であればあるほど、野放しにしておけないのだ」

「はい、承知しております」

「奉行所から二人、剣の達人を護衛につける。それに正蔵も同道してもらいたい」

「はッ、畏まりました」

「どのような旅にするつもりか？」

「はい、中山道筋を高遠まで行き、美濃に出まして京、大阪と廻り、東海道を戻ってきたいと考えております」

「そうか、ひと月以上はかかるな?」

「四十日ほどかと?」

「そう急ぐことはない。じっくりと探してみることだ。半左衛門、二人を浪人に仕立てればいいのではないか?」

「はッ、そのようにいたします」

四人の旅は板橋宿《いたばししゆく》から出立することが決まった。目指すのは、下諏訪宿と伊那谷の高遠城下である。

四人連れの旅は目立つことから、途中で甚四郎と佐平次、長兵衛と正蔵の二組に分かれると、つかず離れず互いに見える間で旅をつづけた。

中山道は山の道で難所が多い。

碓氷《うすい》峠《とうげ》、笠取《かさとり》峠、和田《わだ》峠まで行く。西に下って行くと下諏訪宿だ。諏訪大社《すわたいしゃ》の下社《しもしゃ》の門前として栄え、中山道で唯一温泉のある宿場としても栄えた。

内藤新宿から来る甲州街道の終着でもある。

その上、諏訪湖の雄大で清浄な景勝地《けいしようち》でもあった。

信州の山々が四方に聳《そび》え、中山道の醍醐味を凝縮したような、心がほっと一安心する宿場が下諏訪宿だった。

下社から少し離れた森の中に、目指す隠れ家はあった。

佐平次が近づいて行く後ろに倉田甚四郎がいる。半左衛門が仕立てた浪人は、ひどい恰好《かっこう》だった。

「人の気配がしません……」

朽《く》ちた百姓家は、久《ひさ》しく使われた気配がない。

「この家は長く使われていないようだな？」

「そのようです。もう数年もすれば、森に帰っていきましょう」

「確かに……」

伊那谷の朝太郎は用心深く、不審を感じるとその隠れ家は二度と使わない。それが思い過ごしだとわかっても「縁起《えんぎ》が悪い」と言って臆病なほど警戒した。

自分も使わず配下にも使わせない。

警戒心が強く、決して粋《いき》がることのない盗賊で、それゆえに捕まることがなかったともいえる。

「この辺りでは仕事をしていないようだ。手掛かりはないな……」

佐平次はすぐ百姓家を離れた。

万一にも伊那谷の一味に見られたくないからだ。

その夜、四人は下諏訪宿に泊まって温泉に浸った。先はまだ長い。旅は早寝早起きが肝心だ。

疲れを残すと病に取り憑《つ》かれる。

佐平次は警戒しなければならない歳になっていた。もう無理はきかない。

翌朝、まだ薄暗いうちに下諏訪の旅籠を出て塩尻宿《しおじりしゅく》に向かったが、途中の辰野《たつの》で中山道を離れ、天竜川《てんりゅうがわ》沿いに三州街道《さんしゅうかいどう》を南下する。

昔、上洛《じょうらく》を目指した武田信玄が、病のため甲斐に戻る途中で落命した。それがこの三州街道の阿智村駒場《あちむらこまば》付近である。

その武田征伐に、信長が大軍を向かわせた道が、この三州街道であった。栄枯盛衰《えいこせいすい》、天下の英雄、豪傑《ごうけつ》たちがこの三州街道に犇《ひし》めき、天下への覇権《はけん》を争った。

武田家が信長によって滅ぼされる時、信玄の子でただ一人、織田軍五万にわずか三千の兵で戦いを挑んだ男がいる。伊那谷の人々はその人を、親しみを込めて五郎《ごろう》と呼ぶ。

その男は、信玄の五男仁科薩摩守盛信《にしなさつまのかみもりのぶ》という。

信長の嫡男信忠《のぶただ》の正室松姫《まつひめ》の実の兄である。盛信は、織田軍と戦う前に、信長に敬意を表して、盛信の信の字を上にして信盛《のぶもり》と改名する。

五郎信盛と名乗った若き武田の御大将は、高遠城に籠城《ろうじょう》して織田軍五万を迎えた。

妹松姫のために、信長の前で無様《ぶざま》な戦いはできないと、五郎信盛は徹底抗戦を試《こころ》みたが、寡兵《かへい》ではいかんともしがたく、本丸に追い詰められて、腹を斬り自害する。

安曇野森城《あずみのもりじょう》から御大将と一緒にきた家臣たちは、信盛を慕《した》って自刃《じじん》した。信盛の首は信長に披露され、京に送られて晒されてから妙心寺に入る。

首のない信盛の遺骸《いがい》は伊那谷の人々が願い出、下げ渡されると大きな塚を作って伊那谷の守り神とし、その塚を五郎山と呼んで何百年も供養《くよう》することになる。

その五郎山の近くで、伊那谷の朝太郎は生まれた。

四人は天竜川沿いに南下すると伊那部宿《いなべしゅく》に出て、宿の坂下の辻で天竜川を渡って高遠城下に向かった。

高遠城は、諏訪一族の高遠家の城だったが、やがて武田家の城となり、織田家の城となり、信長の死後に徳川家の城となった。

その高遠城には、前の年の元和三年（一六一七）から、将軍秀忠の隠し子、お静《しず》が産んだ幸松丸《こうまつまる》が、八王子《はちおうじ》の信松院《しんしょういん》から移され、高遠城主保科正光《ほしなまさみつ》が預かっていた。

この時、幸松丸は八歳だった。皇后和子の異母弟である。

高遠城下に四人が着くと、すぐ隠れ家に向かった。

そこは朝太郎が生まれた五郎山に近い生家ではない。朝太郎の生家は佐平次も知らなかった。それは佐平次だけでなく、配下は誰も知らない。

佐平次と甚四郎が訪ねた三峯川《みぶがわ》の傍の隠れ家には、少し耳の遠い老婆がポツンと座っていた。

「婆《ばあ》さんはいつからここに住んでいるかね?」

「何んですか?」

「いつからここに住んでいるのかね?」

「名前はお留《とめ》だ……」

「お留さんはいつからここに住んでいる?」

「うん、ここは息子が買ったんだ……」

「誰から?」

「十五年ほど前に朝太郎さんが安く売ってくれたんで……」

「その息子さんはどこかね？」

「何？」

「息子さんだ！」

「息子の名前は丑松《うしまつ》だ……」

「そうですか……」

「ぼちぼち山から戻るころだな」

「この婆さんは耳が遠いようだ……」

「何？」

「いや、なんでもない」

お留婆さんは本当に聞こえていないのか不審だ。年寄りは聞こえていても聞こえないふりをすることがある。結構な狸《たぬき》なのだ。

だが、お留は本当に少し耳が遠かった。

「朝太郎さんのことは何か知っているかね？」

「朝太郎さんのことか？」

「そうだ！」

「朝太郎さんはいい人だ。だけど死んだと聞いたがのう……」

「死んだ。本当かね？」

「何？」

「雨太郎のことは知らないか？」

「知らないのう……」

聞こえたのかと甚四郎がお留をにらんだ。そんな時、息子が帰ってきた。

「帰ったぞ……」

裏口から入ってきて、佐平次と甚四郎に戸惑《とまど》っている。

「丑松さんかね？」

「そうだが……」

「朝太郎さんのことを聞きに来なすった人だ」

お留が余計なことを言うなというように丑松にいう。

「この家を朝太郎さんから安く譲《ゆず》ってもらってから会っていませんので……」

口が堅《かた》く、それ以上は喋らないという顔だ。

「お留さんから亡くなったと聞いたが？」

「朝太郎さんならそう聞いています」

「雨太郎さんという息子さんと、お絹さんという娘さんがいたはずなのだが？」

「知りません……」

佐平次と甚四郎が何者かも聞こうとしない。そればかりか、帰ってくれと言わんばかりの冷たい態度だ。

「お邪魔しました……」

佐平次と甚四郎が百姓家から出た。

何か知っていそうだが、おそらくこの辺りでは誰も喋らないだろう。逆にこっちが怪しまれるだけだ。

「口が堅い……」

「そうです。おそらく何を聞いても答えないでしょう」

「この辺りで朝太郎は人望があるということか？」

「ええ、若い頃からそういうところがありました。あの老婆と息子は、伊那谷のお頭の顔を知っているかどうか？」

「顔を見たことはないのか？」

「ほとんどの人が、顔を知らないのに名前は知っているのです」

「だが、あの家を売ってもらったと？」

「買ったというのは建前で、もらったんでしょう……」

「死んだというのも嘘《うそ》か？」

「わかりません。老婆も丑松も聞いたというだけですから……」

「生きていればどれぐらいの歳だ？」

「七十五は過ぎているかと思います……」

「隠居ということは？」

「わかりません」

二人は長兵衛と正蔵が先に帰った旅籠に戻った。長兵衛も正蔵も城下で聞き込んだが、何んの手掛かりも得られなかった。

「この伊那谷に朝太郎一味はいないようだな……」

「朝太郎の生死も、雨太郎の消息もわからない。どこにいるのか？」

四人は、高遠城下での探索に一日で行き詰まった。

「京、大阪の探索を急いだ方がいいかもしれないな……」

伊那谷での探索は無理だと四人はあきらめて、翌朝早く高遠城下から出立した。その時、四人の後をつける男が現れた。

そのことに誰も気づかなかった。

三州街道に戻った四人は、飯島《いいじま》、飯田《いいだ》、駒場、浪合《なみあい》、平谷《ひらや》と南下して美濃に入った。中山道に戻ると、鵜沼宿《うぬましゆく》、加納宿《かのう》、関ケ原宿《せきがはら》と西に向かい、近江《おうみ》から京に入った。

四人の後を追うのが、加納宿あたりから二人に増えている。なかなかの尾行で、頬かぶりに笠《かさ》をかぶって、半町（約五四・五メートル）以内には近づいてこなかった。

追う者は、追われるとは思っていない。

京に入ると四人は六条まで下って、左女牛小路《さめごいこうじ》と烏丸通《からすまどおり》の辻にある旅籠に入った。佐平次が以前に使ったことのある宿だ。

二条城の裏の京都所司代《しょしだい》には遠いが、六条河原にも近く、伏見へ下るにも便利だった。

ところがその夜、旅籠の佐平次宛てに結び文が届いた。

「誰からだ！」

「差出人の名はありませんで……」

佐平次が急いで結び文を開いた。

茶色くなった紙片《しへん》には、戌の下刻《げこく》（午後九時）六条河原とだけ書いてある。

「朝太郎からの呼び出しか？」

「いや、朝太郎とは限らない……」

「そうか、雨太郎ということもあるな？」

四人は一気に緊張した。

「一人で来いとは書いていないが、親父さん一人では危ない……」

長兵衛は、危険な呼び出しだと思っている。

「わしが一緒に行こう」

甚四郎が佐平次について行くことになった。

「この旅籠も見張られているか？」

「おそらく……」

四人は所司代に支援を求めることもできないとわかる。そんなことをすれば、相手は六条河原に現れない。

「クソッ、つけられていたとは不覚だ！」

長兵衛が悔しがる。

四人は高遠城下から尾行されたとなると、只事《ただごと》ではない。長兵衛と正蔵が動けないことになった。相手が誰なのかわからないのだから慎重になるしかない。

「相手が何を言いたいのか聞いてからだ」

「仕掛けてくるかもしれない？」

「その時はその時だ！」

甚四郎は、腹を括《くく》って相手の呼び出しに応じるしかないと考えた。誰が現れるか、六条河原に行ってみなければ話は進まない。

二人が出た後に、長兵衛と正蔵も旅籠を出て援護することになった。

戦いになることも考えての支度だ。

戌の上刻《じょうこく》（午後七時頃）に、甚四郎と佐平次は旅籠を出て六条河原に向かった。

六条河原とは京の東を流れる賀茂川《かもがわ》にあった刑場のことである。そこの住人は最下層の人々と言われ、河原者《かわらもの》などとも呼ばれた。

河原の土手まで行くと子どもが現れて、二人を芝居小屋の裏に連れて行った。

そこには頰っかぶりした男が川を背にして立っている。

「佐平次さんかい？」

「そうだ……」

「あっしは名乗らねえ、勘弁《かんべん》しておくんなさい……」

「何の用で呼び出した？」

「それなんですが佐平次さん、あんたはひどい人だ。この世界ではあんたのしていることは許されることじゃねえ。殺されても文句の言えねえことをしていなさるんですぜ。隠居なら静かにしていておくんなさい。お奉行所の手先とは言わないが、していなさることはそれと同じようなことだ」

「おのれ、わしらを脅すつもりか？」

「ちょっと、倉田の旦那、あんたには関係のないことで……」

「何ッ！」

「いいんですかい、柏尾のお芳さんと赤ん坊がどうなっても？」

「なんだと、卑怯な！」

「旦那、卑怯はお互いさまじゃないんですかい。お芳さんと赤ん坊はこっちの手にあるんだ。佐平次さん、ぎりぎり譲って、あんたに黙って引き上げてもらいてえ、二人の奉行所の旦那と、浅草の二代目を説得しておくんなさい」

「お芳は無事なのか？」

「ああ、あっしが殺せと言わない限り無事でござんす。どうなさいます」

倉田甚四郎は敗北を悟った。

柏尾にいるお芳と赤ん坊を押さえられては手の施《ほどこ》しようがない。話し合うまでもなくこの勝負は完敗だ。

「わかった。手を引こう。お芳と赤ん坊には指一本触れるな！」

「旦那、それは間違いなく守りやす」

「約束を破った時は、この倉田甚四郎が生涯をかけてもお前を追う。必ず殺す！」

「わかっておりやす。旦那は柳生新陰流の剣士だ。そんな怖い人を敵にはしたくねえ……」

「一つだけ聞かせてくれ？」

「何んでしょう？」

「お前は伊那谷の子分か？」

「旦那、伊那谷のお頭はこんなことはしねえ、それは佐平次さんが知っておられる。あっしの素性《すじょう》は聞かないでおくんなさい。旦那に追われるのは御免ですから……」

「お芳と赤ん坊のことは頼む！」

佐平次の命よりも大切な宝だ。

「佐平次さん、あっしの頼みさえ聞いてくれるなら手荒なことはしねえ。約束する。旦那が引いてくださると約束したんだ。あっしは旦那を信じやす。泥棒にも仁義がござんす」

「わかった。わしも仁義を守る……」

「佐平次さん、うれしいね。御免なすって！」

男が六条河原を南に走って姿を消した。佐平次は、お芳と赤ん坊のために、奉行所とは手を切ると泥棒と約束したことになる。今度それを破れば親子三人は殺される。

「旦那、すまねえ、許しておくんなさい……」

老盗賊が、お芳と赤ん坊のため勘兵衛に処分されることを覚悟した。

「わかっている。兎に角、引き上げよう。お芳と赤ん坊のためだ」

「申し訳ねえです」

「辛いことになったな。あの男に心当たりはないか？」

「チラッと見えた顔にも声にも覚えがないのです」

「そうか……」

二人のところに長兵衛と正蔵が走ってきた。

「長兵衛、やられた……」

「何をやられたのです？」

「お芳と赤ん坊を人質に取られた。江戸に帰れとの要求だ」

「クソッ、それで応じたのですか？」

「お芳と赤ん坊の命には代えられない……」

「そうですか……」

「旦那、申し訳ねえ！」

「油断だ。すべて筒抜《つつぬ》けになっているとは敵ながら見事だ」

「筒抜け？」

「ああ、四人の名前まで知っていた。半端《はんぱ》な連中じゃない。お奉行に報告してやり直しだ。江戸に戻ろう」

甚四郎は上方にいても何もできないと思う。まず、お芳と赤ん坊の無事を確認したい。潔《いさぎよ》く負けを認めることも大切だ。佐平次の妻子が狙われると気が回らなかった自分に、甚四郎はひどく腹を立てていた。

この時、朝太郎はまだ元気で生きていた。

一〇〇字書評

切り取り線

購買動機（新聞、雑誌名を記入するか、あるいは○をつけてください）

- □（　　　　　　　　　　　　　　）の広告を見て
- □（　　　　　　　　　　　　　　）の書評を見て
- □ 知人のすすめで
- □ タイトルに惹かれて
- □ カバーが良かったから
- □ 内容が面白そうだから
- □ 好きな作家だから
- □ 好きな分野の本だから

・最近、最も感銘を受けた作品名をお書き下さい

・あなたのお好きな作家名をお書き下さい

・その他、ご要望がありましたらお書き下さい

住所	〒				
氏名		職業		年齢	
Eメール	※携帯には配信できません		新刊情報等のメール配信を 希望する・しない		

この本の感想を、編集部までお寄せいただけたらありがたく存じます。今後の企画の参考にさせていただきます。Eメールでも結構です。

いただいた「一〇〇字書評」は、新聞・雑誌等に紹介させていただくことがあります。その場合はお礼として特製図書カードを差し上げます。

前ページの原稿用紙に書評をお書きの上、切り取り、左記までお送り下さい。宛先の住所は不要です。

なお、ご記入いただいたお名前、ご住所等は、書評紹介の事前了解、謝礼のお届けのためだけに利用し、そのほかの目的のために利用することはありません。

〒一〇一－八七〇一
祥伝社文庫編集長　清水寿明
電話　〇三（三二六五）二〇八〇

祥伝社ホームページの「ブックレビュー」からも、書き込めます。
www.shodensha.co.jp/bookreview

祥伝社文庫

初代北町《しよだいきたまち》奉行《ぶぎよう》　米津《よねづ》勘兵衛《かんべえ》　荒月《こうげつ》の盃《はい》

令和 4 年 5 月 20 日　初版第 1 刷発行

著　者　岩室忍《いわむろしのぶ》

発行者　辻　浩明

発行所　祥伝社《しようでんしや》

東京都千代田区神田神保町 3-3
〒101-8701
電話　03（3265）2081（販売部）
電話　03（3265）2080（編集部）
電話　03（3265）3622（業務部）
www.shodensha.co.jp

印刷所　堀内印刷
製本所　ナショナル製本
カバーフォーマットデザイン　中原達治

Printed in Japan ©2022, Shinobu Iwamuro　ISBN978-4-396-34795-6 C0193

祥伝社文庫　今月の新刊

渡辺裕之
邦人救出　傭兵代理店・改
カブール陥落――連発する〝想定外〟に出遅れる日本政府。タリバンの手に渡った退避者リストを奪還するため、傭兵たちが立ち上がる！

安東能明
伏流捜査
脱法ドラッグ売人逮捕のため、生活安全特捜隊が摘発を行った。だが売人に逃げられ、マスコミも騒ぎ出す。そんな中怪しい男が浮上する！

本城雅人
友を待つ
伝説のスクープ記者が警察に勾留された。男は取調室から、かつての相棒に全てを託す。十年越しの因果が巡る、白熱の記者ミステリ。

安生　正
首都決壊　内閣府災害担当・文月祐美《ふづきゆみ》
首都を襲った記録的豪雨と巨大竜巻。そして荒川決壊が迫る――。最も悲惨な複合災害に防災専門官の一人の女性官僚が立ち上がる。

岩室　忍
初代北町奉行　米津勘兵衛　荒月《こうげつ》の盃《はい》
十万両を盗んだ大盗の頭が足を洗う証拠に、孫娘を同心の嫁に差し出すと言う。勘兵衛は、盗賊の跡目争いによる治安悪化を警戒し……。